Cœurs confinés

Mot de l'éditeur

Evidence Editions a été créée dans le but de rendre accessible la lecture pour tous, à tout âge et partout. Nous accordons une grande importance à ce que chacun puisse accéder à la littérature actuelle sans barrière de handicap. C'est pourquoi nos ouvrages sont disponibles en format papier, numérique, dyslexique, malvoyant, braille et audio.

Tout notre professionnalisme est mis en œuvre pour que votre lecture soit des plus confortables.

En tant que lecteur, vous découvrirez dans nos différentes collections de la littérature jeunesse, de la littérature générale, des témoignages, des livres historiques, des livres sur la santé et le bien-être, du policier, du thriller, de la littérature de l'imaginaire, de la romance sous toutes ses formes et de la littérature érotique.

Nous proposons également des ouvrages de la vie pratique tels que : agendas, cahiers de dédicaces, Bullet journal, DIY (Do It Yourself).

Pour prolonger le plaisir de votre lecture, dans notre boutique vous trouverez des goodies à collectionner ainsi que des boxes livresques disponibles toute l'année.

Ouvrir un livre Evidence, c'est aller à la rencontre d'émotions exceptionnelles.

Joséphine Henri

Cœurs confinés

Couverture : **Marie**

Publié dans la **Collection Aime**

EVIDENCE
—EDITIONS—

À Roxane qui m'a permis de poursuivre mes rêves.

Chapitre 1

Benjamin

23 février 2020

Les sites de rencontres étaient devenus le seul moyen de trouver l'âme sœur dans notre société – du moins, du point de vue de mes amis. Je trouvais ces sites suspects et je ne voulais pas laisser ma vie sentimentale aux mains d'un algorithme plus ou moins douteux. Après tout… comment était calculée la probabilité qu'une personne puisse nous correspondre et nous plaire ? C'était tellement stressant de ne pas connaître « réellement » la personne, quelles étaient les chances que le portrait donné ne reflète pas la réalité ? Je me retrouverais peut-être en face d'une personne de cinquante ans, alors qu'elle avait indiqué vingt-cinq ans sur sa présentation et que la photo était retouchée de partout.

Mais me voilà finalement avec un compte à mon nom. Mes amis m'avaient poussé à faire un profil et, malgré toutes mes réticences, ils avaient pris une photo de moi montrant à quel point j'étais cool. Pour cela, j'avais donc dû me débarrasser de mes lunettes rondes et troquer ma chemise bleue contre un sweat. Je savais que j'avais de la chance de les avoir pour amis, car ils faisaient tout pour que je me détende et ne pense pas qu'au travail. Ils me trouvaient changé ; j'étais tombé dans une dépression et je n'avais plus envie de rien. Mes amis voulaient me redonner le sourire et ils n'avaient rien trouvé de mieux que ce site de rencontres pour que je retrouve le goût de la vie et l'amour, même si j'avais encore mes doutes.

Une fois mes centres d'intérêt indiqués, quelques profils de femmes soi-disant compatibles avec moi étaient apparus à l'écran. Si j'avais été seul, j'aurais refermé l'application et serais retourné à mes occupations... Mais voilà, mes amis me surveillaient et j'étais bien obligé de faire un choix !

Je tombai alors sur une belle brune aux yeux verts, Lou. Elle dégageait quelque chose de particulier. Alors, pour faire plaisir à mes amis, je *swipai* son profil. Tant qu'à tenter les sites de rencontres, autant ne pas faire les choses à moitié. Je reçus quelques secondes plus tard une notification et tout le monde se précipita sur mon téléphone.

— Eh bah, dis donc, Benjamin ! Un canon de beauté vient de *matcher* avec toi. Envoie-lui un message tout de suite ! cria mon ami Nico, survolté.

Je ne savais pas lequel de nous deux était le plus excité par cette situation. Je ressentis une certaine adrénaline à l'idée d'envoyer un message à cette inconnue à la physionomie parfaite – trop parfaite ! Ça sentait la retouche... Finalement, après m'être creusé la tête pour trouver quelque chose d'intéressant à lui dire, je lui envoyai « Salut » au grand désespoir de Nico.

— T'es pas sérieux d'envoyer un simple « Salut » à une fille comme ça ! Tu peux être sûr qu'elle ne répondra pas.

— Tu lui aurais écrit quoi ?

— « Salut, beauté ! Je crois que, toi et moi, c'est fait pour durer » ou sinon je lui aurais récité la scène du balcon de *Roméo et Juliette*.

Sophie – une autre de mes amis – lui donna un coup derrière la tête, pestant que sa phrase était déplacée et sexiste. Nico allait lui répondre quelque chose, quand mon téléphone sonna de nouveau.

C'était la fille de tout à l'heure, Lou. Elle avait répondu à mon message :

« Salut, Benjamin ! Comment vas-tu ? »

J'étais surpris qu'elle me réponde, mais Sophie me dit de ne pas trop espérer, car je pourrais être déçu.

« Je vais bien merci et toi ? »

« Je vais bien aussi ! Quelles sont tes passions ? »

— Elle fait la conversation en plus ! Est-ce que tu te rends compte que malgré ton message pourri, elle t'a répondu !

Je regardai Nico en souriant pendant qu'il marmonna qu'il aurait dû se faire un compte et envoyer un message à cette fille qui lui avait apparemment tapé dans l'œil. Mais en soi, ce n'était qu'une conversation badine avec une inconnue et elle ne mènerait sûrement à rien de bien sérieux. Pour moi, l'amour arrivait sans qu'on s'en rende compte. C'était un coup de foudre. On pouvait croiser une inconnue dans la rue et se retourner sur elle. Notre cœur saurait que c'était la bonne. L'amour, c'était du hasard. Alors ce site de rencontres allait à l'encontre de ma philosophie de l'amour et j'étais moyennement convaincu par cette expérience.

« Je suis passionné de théâtre ! »

« De théâtre ? Tu es un grand intellectuel alors ! Tu joues ou tu écris ? »

« Ni l'un ni l'autre, je mets en scène une pièce pour la troupe étudiante et je fais un master en études théâtrales. »

« C'est sacrément génial ! Tu m'impressionnes ! »

J'avouais que c'était assez flatteur de parler à une personne que je ne connaissais pas – surtout quand il s'agissait d'une jolie fille. Après quelques échanges et l'heure avançant, je me décidai à rentrer chez moi. Je rangeai mon téléphone dans la poche de mon pantalon et saluai mes amis avant de partir.

Dès la porte de mon domicile franchie, la solitude s'empara de moi. À chaque fois que je rentrais dans mon appartement, je me sentais seul. Sans mes amis, je serais resté dans mon lit plusieurs jours d'affilée sans voir le monde extérieur, mais ils ne me laissaient jamais tomber et essayaient de me soutenir.

J'étais passionné par le théâtre depuis l'enfance, mais, depuis quelques mois, aller au théâtre ne me faisait plus autant rêver qu'avant. J'avais une impression de vide en moi… Je n'avais plus de réelle envie de me battre pour aller mieux ; je n'avais plus envie de vivre et de m'amuser. Mais Nico, Sophie et mon psychologue étaient du même avis : « Une belle vie vous attend. » J'étais gêné que mes amis s'occupent de moi comme un enfant et me prennent la main avec ce site de rencontres. Je ne voulais pas les énerver et leur donner une occasion supplémentaire de me réprimander de me laisser aller ; alors je me mis sur mon lit et repris mon téléphone. Après plusieurs hésitations, je décidai d'engager à nouveau la conversation avec cette jolie Lou… Après tout, je n'avais rien à perdre, non ? La curiosité me titillait, il fallait bien l'avouer…

Les jours suivants, nous échangeâmes des banalités. J'appris à connaître Lou en surface : elle aimait beaucoup écouter de la musique et regarder des séries. Elle habitait chez sa mère et ne savait pas ce qu'elle voulait faire comme études. Bon nombre de mes amis de lycée ne savaient pas ce qu'ils voulaient faire plus tard, mais se préoccupaient quand même de leur avenir. Lou ne semblait pas comme ça, elle avait l'air de se ficher d'avoir vingt-deux ans, de ne pas avoir son baccalauréat et d'enchaîner les petits boulots. Elle ne m'avait pas dit pourquoi elle avait arrêté ses études ni pourquoi elle ne voulait pas les reprendre, même si je lui avais posé la question à plusieurs reprises. Alors j'avais fini par arrêter de la lui poser et attendais qu'elle soit prête à me le dire d'elle-même.

Au moins, ces discussions avaient l'avantage de me délivrer de ma solitude. C'était fou comme un être humain pouvait se sentir accro à un simple message d'une personne qui lui était inconnue quelques jours plus tôt.

Puis, le 8 mars, après des échanges de plus en plus longs et un semblant de début d'affinité, je reçus un message que je n'attendais pas de sitôt :

« Ça te dit que l'on se voit en vrai ? »

Évidemment, une partie de moi avait envie de la voir, mais une autre me disait que je pourrais être déçu si elle avait menti sur son physique ou encore si la complicité que nous avions par messages ne devait plus être la même une fois que nous serions réunis. Cela faisait plus de deux semaines que nous échangions… Je savais que la majorité des personnes sur les sites de rencontres ne mettaient pas autant de temps à papoter par messages avant de se voir. Et, même si j'avais une certaine appréhension, mon désir de la voir était plus fort, alors mes doigts tapèrent d'eux-mêmes :

« Avec plaisir ! Est-ce que le 16 mars te convient ? »

Il fallait que je finisse, avant de la voir, un devoir pour la fac et même s'il avait été préférable de l'inviter le week-end qui arrivait, je devais rejoindre mes parents à Lille pour une réunion de famille. J'avais déjà décliné bon nombre de repas familiaux et je ne pouvais pas refuser une nouvelle fois. J'espérais donc que Lou puisse venir le 16 mars…

« Ça me va. Je viendrai en voiture de Rouen, j'ai un rendez-vous avec une amie à Versailles dans l'après-midi. »

Si elle faisait tout ce voyage pour me voir, cela voulait dire qu'elle s'intéressait un petit peu à moi et cela me fit sourire.

Chapitre 2

Lou

Je n'avais jamais rencontré un homme bien. Je choisissais toujours les mauvais : trop rebelles, sans avenir, n'ayant aucune envie de relations à long terme. J'avais vingt-deux ans, pourtant, je n'avais que des relations amoureuses dignes d'une adolescente et c'était déprimant. Ma mère m'avait surnommée « l'aimant à mauvais garçon ». S'il y en avait un dans les cent kilomètres, il était pour moi et cela me rendait malheureuse. Il faut dire que ma mère n'avait pas une très haute opinion de moi – même si je faisais toujours tout pour l'aider. Nous avions une relation compliquée ; nous n'arrivions pas à nous comprendre et, souvent, nous nous disputions, et ensuite je culpabilisais.

J'en avais marre des rencontres sans lendemain. Je rêvais d'un conte de fées, d'un beau prince charmant arrivant sur son cheval blanc. Mais dans la vie, le prince charmant se tirait toujours avec la mauvaise princesse et cette princesse, ce n'était pas moi. Mon amie, Val, me rabâchait – à chaque fois que je lui racontais une déception amoureuse – qu'à notre époque, les vraies rencontres se faisaient sur les sites dédiés. Pour moi, ils n'étaient qu'un moyen d'enchaîner les aventures sans lendemain. C'était fait pour les personnes désespérées et je ne me mettais pas encore dans cette catégorie.

J'allais voir Val une fois par mois à Versailles où elle faisait ses études. Elle habitait seule dans un petit appartement et je m'imaginais souvent ce que serait ma vie si je n'habitais plus avec ma mère et mon frère et mes sœurs. Un jour que je lui rendais visite, Val évoqua pour la énième fois ce site de rencontres miraculeux grâce auquel elle avait connu son petit ami actuel. Cela m'énervait qu'elle me parle toujours de cela, mais je ne voulais pas la vexer.

— Lou, tente-le ! Tu dis toujours que tu veux rencontrer le bon, alors, essaie avec ça !

Elle me tendit mon téléphone et je lui souris légèrement. Val me regarda, excitée à l'idée de m'aider à faire mon profil comme si c'était l'activité du jour et je cédai même si je doutais de l'efficacité d'une telle entreprise. Je commençai à remplir le formulaire, puis Val prit mon téléphone pour me photographier. Je n'aimais pas être prise en photo, j'avais toujours l'air crispée, mais je n'avais rien à mettre sur l'application et il fallait que je me plie à cet exercice. Pour me détendre, Val me fit une blague et je ne pus m'empêcher de rire – j'étais bon public et je riais à chaque blague que l'on me faisait – ; c'était le moment qu'elle avait choisi pour prendre la photo. Elle était plutôt réussie et on pouvait me voir au naturel. Val me montra plusieurs profils d'hommes qui me correspondaient selon l'algorithme. Je *swipai* quelques-uns sans véritable conviction, puis lâchai mon téléphone.

Val me raconta ses petits boulots tous aussi désespérants les uns que les autres et je me renfrognai quand elle me parla de reprendre mes études. C'était une conversation que je ne voulais pas aborder, parce que je savais qu'il fallait que je m'y remette. J'avais abandonné mes études à dix-huit ans, car ma mère avait besoin d'une aide financière. Mon père était parti du jour au lendemain sans donner de nouvelles et nous ne recevions que rarement de l'argent de sa part. Ainsi, j'avais aidé ma mère à joindre les deux bouts, mettant de côté mes études et mes rêves de devenir éducatrice spécialisée. Je faisais tous les petits boulots qui se présentaient à moi :

caissière, serveuse… J'avais essayé au départ de continuer l'école par correspondance dans mon temps libre, mais je devais m'occuper de mon frère et mes sœurs qui étaient encore trop jeunes pour être autonomes. Je n'avais plus le temps de concorder les deux et j'avais dû me résigner à arrêter les cours.

Mon téléphone bipa, m'évitant de répondre aux questions de Val sur mon avenir. Je regardai la notification et vis la photo d'un homme brun de vingt-trois ans dénommé Benjamin. Il était souriant et assez attirant. Je *swipai* à mon tour son profil et Val – qui était en face de moi – se précipita pour scruter avec moi le téléphone.

— Il est pas mal ! En plus, il est en train de t'écrire.

Nous attendîmes toutes les deux le message qui se réduisit à un simple « Salut »

— Un simple salut ? Sérieusement ? charria Val et elle retourna à sa chaise comme si ce garçon n'avait plus d'intérêt.

Il fallait avouer que cela n'était pas le meilleur début de conversation. Peut-être était-il lui aussi débutant sur les sites de rencontres et était aussi mal à l'aise que moi à l'idée de parler à un parfait inconnu ? Mais je décidai de lui répondre :

« Salut, Benjamin ! Comment vas-tu ? »

Nous échangeâmes des messages de banalités et il me répondit poliment. Je lui posai des questions sur ses passions et appris qu'il aimait le théâtre. Val ne perdait pas une miette de notre échange et le trouva finalement assez intéressant.

— Un petit intello ! dit mon amie en voyant sa réponse.

Nous rîmes, mais j'étais sérieusement surprise de rencontrer un homme avec une passion pareille sur un site de rencontres. Je pensai que ceux qui y avaient recours étaient les hommes célibataires les moins intéressants, des hommes en quête d'aventures.

Je n'avais jamais eu l'occasion d'aller au théâtre ni de voir un spectacle ou un concert – même si l'envie y était. J'aimais lire des romances, cela me faisait rêver – j'allais régulièrement à la bibliothèque faire mon plein de livres. Le programme de français au collège m'avait montré un petit peu ce qu'était le théâtre et j'y avais joué une scène *d'Antigone* avec mes amies. Les cours de français m'avaient toujours passionnée et j'avais eu l'occasion de voir les spectacles des options théâtre du lycée en fin d'année lorsque j'étais en seconde et en première. En terminale, j'avais intégré cette option et j'aimais travailler sur le plateau. Je me sentais bien, mais j'avais arrêté ces cours en même temps que les autres... Je me doutais que mon expérience théâtrale était bien maigre comparée à celle de Benjamin.

Puis quand il me demanda mes passions, je me sentis mal à l'aise de lui dire que j'aimais écouter de la musique et regarder des séries. Il n'y avait rien d'impressionnant, car la majorité des filles de mon âge le faisait... Pas de réponses à mon message. Je me fis une raison en pensant qu'il avait préféré une fille qui soit, elle aussi, passionnée par le théâtre et qu'une fille comme moi ne pouvait pas lui correspondre...

J'éteignis mon téléphone et parlai encore un peu avec Val avant de repartir chez moi. Sur la route, je ne pensai pas au site de rencontres ni à ce Benjamin. Il adviendrait ce qu'il adviendrait. Si ce n'était pas lui, ce serait un autre et, en me le répétant plusieurs fois, je me convainquis que cette application n'avait pas et n'aurait pas d'incidences dans ma vie.

Arrivée à Rouen dans l'appartement familial – qui était un peu à l'écart du centre-ville où les loyers étaient trop élevés –, je dus m'occuper de mon frère et mes sœurs et faire les tâches ménagères. Je ne regardai mon téléphone qu'avant d'aller me coucher et je vis que j'avais reçu des notifications sur le site de rencontres. Il y avait quelques nouveaux profils attirés par le mien et je répondis positivement à ceux qui m'intéressaient. Puis je remarquai un message de Benjamin : il voulait en savoir plus sur mes genres musicaux et cinématographiques et cela me fit sourire. Nous nous trouvâmes des points communs en matière de musique, car nous aimions tous les deux celle des années 80 et avions une passion partagée pour les films de Woody Allen.

Nous échangeâmes les jours suivants pendant mon temps libre et j'appris à le connaître. Il me parlait de son univers à Paris et je me demandais à quoi pouvait ressembler la vie dans la capitale. Il décrivit un peu de son appartement ; il en avait de vingt mètres carrés au deuxième étage d'un petit immeuble et il m'avait envoyé une photo de l'endroit où il vivait. Je trouvais l'appartement mignon, mais un peu petit d'après ce que je pouvais en juger. Ses parents lui payaient une grande partie du loyer et il le complétait grâce à l'argent qu'il gagnait pendant l'été avec des petits jobs. Il parlait rarement de ses parents – il me dit juste qu'ils habitaient à Lille là où il avait vécu jusqu'à ce qu'il parte à Paris pour ses études. J'étais allée deux fois à Paris pour visiter un peu la ville, mais ce n'était pas la même chose de visiter et de vivre là-bas. Pour moi, vivre à la capitale était synonyme de liberté : boire des verres en terrasse devant de superbes monuments, aller voir des expositions, des concerts… J'effectuai des recherches sur son quartier et découvris qu'il habitait dans le Quartier latin et qu'il n'était pas très loin du Panthéon. Je regardai des photos du quartier et m'imaginai ce garçon dans cet environnement. Finalement, je le trouvais gentil. Il avait l'air de s'intéresser à moi et j'avais envie d'en savoir plus sur lui.

Après plusieurs jours, j'eus une envie folle de le voir en vrai pour savoir s'il était fidèle à l'image que je m'étais faite de lui. Mon caractère impulsif avait parlé, alors je lui envoyai un message, espérant qu'il accepterait.

« Ça te dit que l'on se voit en vrai ? »

L'adrénaline était à son comble et, les yeux rivés sur l'écran, j'attendis sa réponse qui ne tarda pas.

« Avec plaisir ! Est-ce que le 16 mars te convient ? »

Je lâchai un petit cri de joie, mais je me dis dans ma tête de ne pas m'emballer avant de l'avoir vu. Peut-être ne serait-il pas aussi bien en vrai ? Je m'étais renseignée sur les sites de rencontres et j'avais vu pas mal de commentaires négatifs disant que les gens ne correspondaient pas à la photo ou qu'ils ne venaient tout simplement pas au rendez-vous. J'espérais que je ne me prendrais pas de lapin. Cependant, je me demandais pourquoi ne pas se voir plus tôt, mais il m'expliqua dans le message suivant qu'il était chez ses parents le week-end et qu'il devait finir un de ses devoirs pour l'université. Son explication me sembla valable et je cessai de me demander s'il voulait repousser notre rendez-vous. Lorsque vint la question de savoir qui se déplacerait, je lui répondis :

« Ça me va. Je viendrai en voiture de Rouen, j'ai un rendez-vous avec une amie à Versailles dans l'après-midi. »

Il me prévint que la circulation à Paris était plus dense qu'à Rouen, mais je me sentais capable de me débrouiller sur le périphérique. Alors, je lui dis :

« Ça va le faire, ne t'inquiète pas ! Tom Cruise a bien réussi à faire des cascades à moto sur le rond-point de l'Arc de Triomphe pour le dernier *Mission impossible*. Je ne ferai pas de cascades, ne te fais pas de soucis. Je pense que c'est faisable ! »

Le 13 mars, il y eut le premier discours du président au sujet du coronavirus. Au départ, personne en France ne semblait s'intéresser à ce virus, il était comparé à une « petite grippe », désormais, c'était devenu le sujet phare des informations au vu du nombre de morts grimpant chaque jour. Ce virus dangereux était apparu en Chine début janvier et attaquait désormais l'Europe. Il risquait de compromettre notre rendez-vous. Tous les pays voisins avaient mis en place le confinement alors que, nous, nous vivions encore normalement. Je me demandais si nous allions arriver à un confinement et quand. Le président semblait dire que nous étions « en guerre » contre ce virus et que nous n'étions qu'au début de cette bataille.

Le soir, Benjamin me demanda si je tenais à maintenir le rendez-vous et, comme je voulais vraiment le voir et que ce n'était pas possible avant, je lui confirmai que je viendrais le 16. L'excitation montait au fur et à mesure des jours qui me restaient avant de le voir.

Le 16 mars – le jour du rendez-vous –, j'allai voir Val, qui me charria encore une fois, car, selon elle, j'aurais déjà dû rencontrer Benjamin depuis longtemps, mais je me plaisais à penser que nous voulions faire les choses dans les règles de l'art en prenant notre temps. Je devais retrouver Benjamin à vingt heures au restaurant La Contrescarpe – qui était une valeur sûre et qui était facile à trouver, d'après lui. J'avais prévu de partir à dix-huit heures de Versailles pour être sûre d'arriver à temps. Je ne m'étais pas posé de questions sur la façon dont j'allais m'habiller ; j'avais choisi quelque chose de décontracté et Val me taquina :

— Tu aurais pu faire un petit effort pour ton rendez-vous ! Te mettre en robe et te maquiller par exemple...

Mais je lui rétorquai :

— On ne tombe pas amoureux du style vestimentaire de la personne. S'il lui convient tant mieux, sinon tant pis. De toute façon, je ne changerai jamais pour faire plaisir à quelqu'un.

Val lâcha un soupir de résignation en me disant que j'étais têtue comme une mule et nous parlâmes de sa relation avec son amoureux du moment. Ma meilleure amie ne voulait pas de relations à long terme et voulait croquer la vie à pleines dents. Nous étions très différentes et c'était ce qui nous avait valu quelques mésententes. Nous nous étions rencontrées au lycée et nous étions rapidement devenues amies. Val me fit promettre de tout lui raconter dans les moindres détails à mon retour et je le lui promis en riant.

Je partis à l'heure convenue et mon téléphone m'indiqua que j'arriverais avec une demi-heure d'avance. J'étais angoissée de le voir et en même temps contente. Je mis ma playlist pour me détendre et Dolly Parton remplit la voiture avec sa voix. Je chantai à tue-tête et me décontractai. Le périphérique était bouché, j'avais oublié que c'était l'heure pour les travailleurs de rentrer chez eux. On avançait à une vitesse d'escargot et je redoublai de vigilance. J'avais beau avoir pris de la marge pour arriver à temps à mon rendez-vous, le temps tournait et il était vingt heures passées quand j'arrivai près de la place de la Contrescarpe. Je remarquai que le lieu de rencontre était une zone piétonne et qu'il n'y avait pas de places disponibles dans les rues les plus proches. Je pestai sur mon manque de chance et trouvai enfin une place dans la rue Monge. Quand je regardai l'heure, j'avais déjà vingt minutes de retard. Le temps d'arriver au restaurant, j'allais avoir une demi-heure de retard. J'espérais qu'il m'aurait attendue, sinon j'aurais fait toute cette route pour rien.

Chapitre 3

Benjamin

« Mais le temps, aujourd'hui, est à la protection de nos concitoyens et à la cohésion de la Nation. Le temps est à cette union sacrée qui consiste à suivre tous ensemble un même chemin, à ne céder à aucune panique, aucune peur, aucune facilité, mais à retrouver cette force d'âme qui est la nôtre et qui a permis à notre peuple de surmonter tant de crises à travers l'histoire. La France unie, c'est notre meilleur atout dans la période troublée que nous traversons. Nous tiendrons tous ensemble. Vive la République ! Vive la France ! »

Nous étions le 13 mars et j'avais de forts doutes quant à la possibilité de voir Lou... Nous étions en pleine crise sanitaire, le coronavirus angoissait la planète entière et nous allions devoir changer notre vie. En écoutant le discours du président, je sentis qu'il allait se passer quelque chose de plus important. Ce n'était que le début des décisions et le pire restait à venir.

J'envoyai un message à Lou pour lui demander si notre rendez-vous devait être maintenu ou repoussé. J'étais, il faut l'avouer, un peu nerveux à l'idée qu'elle veuille annuler, mais cette nervosité fut balayée par ces quelques mots :

« On ne va pas se laisser perturber par un petit virus… Si ça te va toujours, je suis prête à faire la route. »

Je savais que même si le président n'avait pas donné d'ordre de confinement pour le moment, cela allait arriver très rapidement. Tous les pays touchés par cette maladie en étaient venus à prendre cette décision. Je voulais la voir, c'est sûr, mais pas qu'elle ait des problèmes pour retourner chez elle. Mon envie de la voir balaya cependant mes dernières réticences.

Pendant les trois jours qui me séparèrent de notre rencontre, je ne pus m'empêcher de m'imaginer à ce qu'il pourrait se passer et également comment nos vies allaient être chamboulées par le coronavirus. Tant de questions auxquelles je n'avais pas la réponse, c'était si frustrant. J'étais d'un naturel anxieux et stressé en permanence et il me fallait toujours tout planifier, que ça soit une petite répétition de théâtre ou un rendez-vous amoureux. Je n'aimais pas me sentir dans l'inconnu, car cela m'effrayait plus que tout. Je savais que je devais être compliqué à vivre et que, si j'avais une petite amie, cela risquait d'être complexe à gérer pour elle. Avant, j'étais quelqu'un de très fêtard et joyeux, mais dorénavant, je n'avais plus envie de m'amuser et mon envie de vivre s'était rétrécie à la suite de l'accident de voiture qui avait coûté la vie à ma petite sœur à la fin juin de l'année précédente. Je m'en voulais d'être encore là à vivre, alors qu'elle n'était plus là. Je m'étais jeté à corps perdu dans le travail pour ne plus penser et ressentir ma peine. Mes parents avaient quitté la maison de mon enfance, ils avaient déménagé – tout en restant à Lille – dans un appartement. Ils ne supportaient plus les souvenirs de ma sœur dans chaque pièce. Avant, mes amis avaient l'habitude de me voir joyeux, nous allions au théâtre, au musée ou à l'opéra voir des ballets au poulailler. Désormais, j'allais toujours au théâtre par nécessité pour ma formation, mais je n'y prenais plus le même plaisir. J'avais définitivement arrêté de participer aux soirées étudiantes et ne fréquentais plus les boîtes de nuit. C'est pourquoi mes amis tenaient tant à ce que je rencontre quelqu'un et que je m'autorise à m'ouvrir. Tel que j'étais devenu, je devais être ennuyeux à mourir. Vivre avec moi dans les conditions actuelles ne devait pas être un cadeau. J'avais vingt-trois ans, mais je vivais comme un ermite.

Je ne pouvais m'empêcher de penser que ce rendez-vous pourrait me décevoir. Je craignais que Lou ne soit pas celle à qui je m'attendais et qu'elle se cache derrière des messages. J'avais peur d'avoir rêvé d'une Lou imaginaire, comme Pygmalion avait forgé sa statue. Je savais que c'était un des risques des sites de rencontres... Mais j'étais prêt à prendre le risque si c'était pour découvrir la Lou à qui je parlais depuis trois semaines.

Je décidai d'envoyer un message aux autres membres de la troupe pour voir comment nous allions gérer cette période difficile et je reçus plusieurs réponses de mes camarades :

« Benjamin, ne te prends pas autant la tête ! Repose-toi ! C'est le moment pour toi de faire une pause. »

« Benjamin ! On t'avait dit de te reposer ! Ce n'est pas possible d'être aussi têtu ! Vis ta vie. »

Mes amis m'avaient dit de ralentir sur le travail, mais c'était plus facile à dire qu'à faire. Avant d'échanger avec Lou et depuis la disparition de ma sœur, j'avais ce besoin obsessionnel de travailler tout le temps que ce soit sur ma thèse sur le théâtre à l'époque soviétique ou sur mon travail de mise en scène de *Hamlet*. Maintenant que je lui parlais, j'avais toujours envie de travailler, mais l'envie d'échanger avec elle me faisait faire des pauses qu'auparavant je n'aurais peut-être pas effectuées.

Le travail était le seul moyen pour moi de ne pas réfléchir. *Benjamin, es-tu vraiment sûr de vouloir aller à ce rendez-vous ? Il n'est pas encore trop tard pour dire que tu veux tout arrêter.*

Lou m'intriguait avec ses messages évasifs, elle ne répondait jamais clairement à mes messages et je voulais découvrir qui elle était vraiment, mais, en même temps, ce côté vague n'était-il pas un signe qu'elle cachait quelque chose ?

Le travail que je devais faire pour la fac était plutôt long et ennuyeux, cependant, je n'avais pas d'autre choix que de travailler d'arrache-pied pour arriver à le finir à temps avant de partir en week-end. Cela faisait trop longtemps que je n'étais pas retourné à Lille et je voulais d'autant plus voir mes parents que je ne savais pas quand je pourrais leur rendre visite à nouveau si nous étions confinés.

Ce week-end passa lentement ; mes parents ne me quittèrent pas des yeux et essayèrent d'alimenter la conversation, mais ce n'était plus pareil sans ma sœur. Ils me posèrent des questions sur ma vie à Paris. Je savais qu'ils s'inquiétaient pour moi et qu'ils voulaient juste être polis et gentils, pourtant, je trouvais cela faux. Avant l'année passée, ma famille n'était jamais intrusive, mais, désormais, j'étais devenu le sujet phare des conversations pour mon plus grand malheur. Le fait d'être acteur aidait beaucoup, et je jouai la comédie pendant tout le week-end en répondant poliment à toutes les questions, alors que le cœur n'y était pas. Je voulais rentrer chez moi dans mon petit appartement ou voir Lou, mais, à la place, j'étais à Lille… Je me sentis oppressé tout le week-end, soit par mes parents qui faisaient du mieux qu'ils pouvaient pour passer du temps avec moi, soit parce qu'ils cherchaient à en savoir toujours plus sur ma vie déprimante.

Le jour J, je n'arrivai pas à me calmer. Je tenais à ce que l'heure de notre rendez-vous se produise le plus tôt possible pour que je puisse respirer à nouveau normalement. Peut-être allais-je rencontrer l'amour de ma vie. Car c'est bien là l'objectif d'une vie : rencontrer la personne avec qui tu passeras toute ta vie et avec qui tu seras heureux. N'ayant jamais vécu une relation durable, je ne connaissais ce sentiment qu'à travers tous les films romantiques que j'avais vus – et j'en avais vu une paire ! Cela faisait plus d'un an que je n'avais pas eu de rendez-vous amoureux et je risquais d'être sacrément rouillé !

Je ne savais pas comment me vêtir pour l'occasion, je ne voulais pas paraître pour un vieux – mes amis me disaient depuis quelque temps que je m'habillais comme tel avec mes cardigans et mes chemises – et j'avouais que cela devait repousser bon nombre de filles, car les autres garçons portaient des sweats à capuches et ces baskets à la mode dont j'ignorais complètement le nom. Je me souciais peu de mon apparence et mon style était un mélange entre Chandler de *Friends* et Willam Thacker dans *Coup de foudre à Notting Hill*. J'étais donc resté dans la mode des années 90 ! Lou et moi avions discuté un petit peu de la série *Friends* et de nos personnages préférés. Nous étions tous les deux tombés sur les mêmes : Monica, Joey et Chandler, mais je supposais que Lou n'aimait pas Chandler pour ses goûts vestimentaires. J'optai pour une chemise bleue et laissai de côté le cardigan qui pourrait l'apeurer ! Après tout, sur la photo, mes amis m'avaient fait enfiler un sweat à capuche ! Elle risquait d'être surprise par le style.

Pour me changer les idées, je pris *Hamlet* de Shakespeare et me remis à l'étude de la mise en scène que j'effectuais, mais ma tête était complètement ailleurs et je ne trouvais aucune nouvelle idée, ce qui était prévisible. Finalement, j'abandonnai la pièce à son sort et décidai de rejoindre le lieu de rendez-vous, car, au moins, je serais en avance – cela avait toujours été ma personnalité d'arriver plus tôt. Pour arriver au lieu de rencontre, il fallait remonter la rue

Mouffetard et, en passant devant un fleuriste, je m'arrêtai acheter une rose.

Le rendez-vous avait lieu à deux pas de chez moi dans un restaurant de la place de la Contrescarpe. J'aimais cette place pour son côté festif et son emplacement dans Paris. Elle se situait en haut de la rue Mouffetard qui était, selon moi, une de plus belles rues commerçantes de Paris. J'aimais y faire mes courses et acheter des fruits et légumes de petits cultivateurs. L'avantage de cette place était qu'elle était à, à peine cinq minutes à pied de La Sorbonne Nouvelle – l'université où j'effectuais mon master en études théâtrales. Elle se trouvait à cinq minutes du Panthéon et de superbes librairies – ce qui était inestimable pour un lecteur comme moi.

Je m'installai à la terrasse du bistrot La Contrescarpe et y commandai une limonade. Je regardai mon téléphone pour voir l'heure : vingt heures, soit l'heure de notre rendez-vous. Elle n'était pas encore arrivée… Aucun message de Lou ne me disait si elle était prise dans les bouchons et je commençai à m'inquiéter. Mais après tout, tout le monde n'était pas aussi ponctuel que moi et je devais m'y faire. J'étais au courant que le président parlait ce soir, alors je mis sur mon téléphone la chaîne d'informations.

Les minutes défilèrent, aucune nouvelle de Lou. Le discours du président venait de se finir, annonçant le confinement. Nous avions jusqu'au lendemain midi pour décider de notre lieu de résidence. Lou avait-elle aussi écouté l'allocution ? Allait-elle finalement faire demi-tour, préférant retourner chez elle avant le début du confinement ?

Chapitre 4

Benjamin

Lou arriva avec trente minutes de retard, cela diminuait le temps que nous pourrions passer ensemble, car elle avait prévu de repartir vers vingt-trois heures et de dormir chez son amie à Versailles. Cependant, j'étais si heureux qu'elle soit finalement venue que cette petite déception se dissipa rapidement. Je m'étais posé tellement de questions sur notre rencontre que je ne savais plus quoi dire et cela arrivait en plus très rarement. J'étais du genre à parler énormément si j'étais mal à l'aise. Je me sentais si seul dans mon appartement que, quand j'étais avec quelqu'un devant moi, j'avais besoin de discuter.

Je m'étais demandé si elle n'allait pas fuir en me voyant avec ma chemise, mais ce ne fut pas le cas. Elle était même tout sourire et m'avait fait la bise d'une façon si naturelle que j'en étais décontenancé. Elle était exactement comme sur les photos et elle semblait bien avoir une vingtaine d'années, ce qui me soulagea. Je lui offris la rose achetée un peu plus tôt et elle me remercia tout sourire. J'étais un romantique de la première heure et, dans tout bon film romantique, l'homme offrait une rose, il me paraissait ainsi normal de faire de même.

Nous nous assîmes et nous commandâmes à boire et à manger. L'ambiance était devenue bruyante, les gens riaient et parlaient fort – ce soir d'autant plus, car nous allions être confinés. Lou regarda autour d'elle comme si elle cherchait à s'imprégner de l'atmosphère.

— Tu as réussi à garer ta voiture ?

— J'ai eu un mal fou à trouver une place ! Toutes celles aux alentours étaient prises, mais j'en ai finalement trouvé une. Je pense que je n'aurai pas de problème.

Il était évident que j'étais rouillé au plus haut point et j'espérais que Lou ne s'en rendrait pas compte, même si je me doutais que c'était peine perdue. Ainsi, pour commencer un semblant de discussion, je lui demandai en balbutiant légèrement :

— Es-tu au courant du discours du président ?

Évidemment, ce fut le seul sujet qui me venait à l'esprit et je savais que ce n'était pas le meilleur des thèmes pour un premier rendez-vous.

— Non… Qu'a-t-il dit ?

Je lui expliquai les règles imposées par le président, qu'il fallait qu'elle soit rentrée chez elle le lendemain avant midi… Nous parlâmes de ce virus qui nous pourrissait la vie et qui risquait de changer nos habitudes. Peu à peu, la conversation s'installa même si nous échangions des banalités. Je constatai que, malgré mes mauvaises blagues, Lou rit à la plupart d'entre elles, ce qui me surprit. Lou me posa plusieurs questions sur mes endroits préférés de Paris et me demanda si j'aimais beaucoup visiter. Elle avait tendance à parler plutôt fort et à parler en gesticulant. J'aurais pu trouver ça énervant ou gênant, mais cela donnait une atmosphère joyeuse à notre conversation et je passais un bon moment.

Nous mangeâmes rapidement et, à la fin du repas, Lou me demanda à plusieurs reprises de payer sa part du repas, mais je refusai. Il fallait que je sois au minimum gentleman.

— Tu as déjà fait la route pour venir me voir ! Alors j'insiste pour payer !

Elle insista un petit peu, mais je ne lui laissai pas le choix.

— À une condition, on va se prendre une glace à *Amorino* ! Ça me fait de l'œil depuis tout à l'heure, dit-elle en riant et en me désignant l'enseigne du glacier qui était à l'autre côté de la place.

J'adorais les glaces *Amorino* et, apparemment, elle aussi. Je ne pouvais pas refuser, alors nous nous dirigeâmes vers le glacier et Lou me dit :

— Prends autant de parfums que tu veux ! Je ne vais pas lésiner sur le nombre.

Je la regardai en souriant et pris trois parfums différents, tandis que Lou opta pour le plus gros pot. Elle prenait de petites cuillères de glace et fermait les yeux à chaque cuillérée. C'était adorable.

— On peut aller voir le Panthéon ? J'ai effectué des recherches pour savoir dans quel coin de Paris tu te situais et j'ai vu que c'était juste à côté. En plus, on a étudié Simone Veil au lycée, nous, les femmes, on lui doit beaucoup. Elle m'a toujours fascinée. Maintenant qu'elle est là-bas, ça serait un bon moyen de lui rendre hommage, même si je ne vois le monument que de l'extérieur, m'expliqua Lou.

— Tu es déjà venue à Paris ?

— J'y suis venue deux fois. Une fois avec l'école, mais nous n'avions vu que la tour Eiffel et le Louvre et, une seconde fois avec ma famille, nous avions fait une visite rapide et nous n'étions pas rentrés dans la majorité des monuments.

Elle me regarda en souriant et, évidemment, je ne pus refuser sa demande. Il fallait lui faire découvrir un petit peu Paris *by night* ! Nous remontâmes la rue de Blainville en direction du Panthéon. Sur la place, il n'y avait plus grand monde et Lou admira le bâtiment qui était éclairé par de petits projecteurs.

— C'est vraiment beau !

Nous nous assîmes sur un banc en face du monument pour terminer notre glace.

— Il est vingt-deux heures et il me reste une heure avant de partir. Veux-tu me montrer un autre endroit ? me demanda Lou en joignant les mains comme pour me supplier.

Son geste me fit rire et je réfléchis à un endroit encore ouvert et qui n'était pas trop loin d'ici.

— Tu as vu le film *La La Land* ?

— Oui ! Il est génial ! Pourquoi ?

— Tu te souviens de la fin du film ? Quand Emma Stone va dans un bar à jazz avec son mari et qu'elle y retrouve Ryan Gosling ? Eh bien, je t'emmène là ! On boira un dernier verre en écoutant de la musique, et puis il sera probablement l'heure pour toi de partir.

Ça faisait des mois que je n'avais pas mis les pieds au Caveau de la Huchette, mais je pensais que l'ambiance pourrait lui plaire. J'observai la réaction de Lou qui applaudit à mon idée, toute souriante, et je l'entraînai dans la rue Valette. Je croisais les doigts pour qu'il y ait un concert ce soir et, en arrivant là-bas, je vis qu'il y avait bien un groupe de jazz. Nous descendîmes les marches jusqu'à la piste de danse où se trouvait également les musiciens. Nous nous assîmes sur les bancs qui étaient en partie occupés et je tapai du pied en rythme. Lou sembla apprécier l'endroit et se fit inviter à danser par un homme d'environ soixante-dix ans et elle accepta. La piste de danse était bondée et un couple faisait le spectacle en dansant à chaque morceau. Je regardai Lou danser, ses cheveux châtains mi-longs virevoltant à chaque fois que l'homme la faisait tourner. Elle souriait à l'homme qui lui parlait de quelque chose. Elle ne s'était pas habillée de façon spécialement élégante pour le rendez-vous, elle avait mis un jean un peu large et une chemise couleur crème qu'elle avait un peu déboutonnée sur son décolleté. Elle était vraiment jolie et je me demandai pourquoi une fille comme elle devait s'inscrire sur un site pour rencontrer quelqu'un. Elle devait avoir les garçons à ses pieds... Lorsqu'elle revint vers moi, elle me dit en riant :

— Tu ne vas pas rester sur le banc alors que la musique est géniale et que tout le monde danse.

— Je passe mon tour, mais merci, Lou.

— Allez ! Ne fais pas ton timide et viens enflammer la piste de danse ! *Carpe diem !*

Je m'admis vaincu, elle me prit la main et m'entraîna sur la piste. Elle me fit tourner sur moi-même et je lui marchai à plusieurs reprises sur les pieds. J'eus même le droit à une leçon de danse par une des personnes sur la piste, me disant comment je devais faire tourner Lou et où je devais positionner ma main dans son dos. Le saxophone et la batterie retentissaient dans tout le caveau. J'étais au départ vraiment gêné d'être un si piètre danseur, mais Lou s'exclama tout sourire :

— Danse comme tu en as envie. On s'en fiche si nous ne sommes pas encore prêts pour *Danse avec les stars*.

Lou se détacha de moi et commença à faire de grands gestes de ses bras. Je la regardai sourire. Sa danse était drôle à observer. Elle faisait ce qu'elle voulait en se fichant du regard des autres, mais j'étais crispé. Je n'arrivais pas à lâcher prise.

— Laisse-toi aller, Benjamin ! Tu vas voir, c'est drôle ! m'encouragea Lou.

Je suivis ses conseils et commençai à me dandiner de gauche à droite. La belle brune continua à m'inciter en me souriant et me disant que ce que je faisais était bien. Je lui souris et continuai de danser en bougeant mes bras dans tous les sens et en faisant le robot. Tout ça sur du jazz. Je ne voulais pas voir les regards que les autres danseurs devaient nous jeter, je m'en fichais.

Nous dansâmes encore et encore et nous perdîmes la notion du temps. Je m'amusais vraiment et me laissais aller au rythme de la musique. Épuisés par le nombre de danses que nous avions enchaînées et le concert étant terminé, nous regardâmes l'heure : il était minuit passé. Aucun de nous n'aurait pensé être resté aussi longtemps là. Alors que nous sortions du caveau, Lou me demanda, gênée :

— Je suis désolée de te demander ça, mais serait-il possible de dormir chez toi, car je ne me vois pas prendre la route à cette heure-ci. En tout bien tout honneur, évidemment ! Je prendrai la route tôt demain matin pour être sûre d'arriver à l'heure chez moi.

J'acceptai de l'héberger, ne voulant pas qu'elle dorme dans sa voiture. Elle envoya un message à son amie de Versailles à qui elle avait dit qu'elle rentrerait pour minuit. Je lui demandai si elle avait besoin de retourner à sa voiture pour aller chercher ses affaires, mais elle me dit en souriant qu'elle avait une brosse à dents dans son sac et que cela suffirait pour l'instant.

Je l'emmenai chez moi et j'étais mal à l'aise à l'idée de la faire venir dans un endroit si intime qui n'avait pas vu de filles depuis des mois. Je la vis regarder mon appartement, mes photos et mes posters, tout ce qui me définissait et je ne pus m'empêcher de stresser à l'idée qu'elle me pose des questions trop personnelles.

— C'est vraiment petit ici… sur les photos, je n'avais pas pensé que ça le serait autant ! Tu ne te sens pas trop à l'étroit ?

— C'est sûr que ce n'est pas très grand, mais c'était le meilleur appartement que j'ai visité. C'était le plus grand, dans un super quartier et à un prix raisonnable pour le secteur ! À Paris, les étudiants ont environ un petit appartement de vingt mètres carrés, donc il faut faire avec ce qu'on a, et puis on s'habitue.

— Et comme sur les photos, tu n'as pas de canapé…

— Ne t'inquiète pas. Je sais me tenir…

Mon appartement comportait un petit balcon que je n'utilisais jamais. La peinture bleue qui était sur deux murs commençait à s'écailler et j'essayais de cacher ça avec des photos et posters. Je n'avais que le strict minimum comme meubles : un clic-clac, une table, une chaise, une petite commode et une bibliothèque encastrée dans le mur. Le clic-clac allait poser des problèmes cette nuit avec Lou, car je n'avais pas de matelas pneumatique ou d'autre canapé sur lequel elle aurait pu dormir, mais c'était toujours mieux que la voiture. Nous n'avions pas d'autre choix que de dormir ensemble et je me voyais déjà faire un petit mur de coussins pour ne pas la gêner pendant la nuit. Ça faisait un bail que je n'avais pas dormi avec une femme et j'espérais ne pas ronfler.

Quand on vit seul dans un petit appartement, on arrive quand même à bouger un minimum, mais, à deux, c'était vraiment compliqué. Je me demandais comment faisaient les couples vivant dans une aussi petite surface... Ils devaient sacrément se sentir à l'étroit.

— Ça doit être génial de vivre seul, non ? Je me demande ce que ça serait de vivre sans ma famille.

— Il y a des avantages et des inconvénients.

Elle me regarda, perplexe, un sourcil haussé, mais ne me posa pas d'autres questions. Peut-être s'attendait-elle à ce que je dise à quel point vivre seul était génial. Pour certains, c'était peut-être le cas, vivre sans ses parents rimait avec un vent de liberté. Même si au début, j'avais aimé cette indépendance, désormais, je ne voyais plus ça de la même façon, c'était juste une solitude extrême et une routine plus ou moins barbante.

— Oh... Il est trop mignon, ce chartreux, me dit-elle en regardant la photo de ma chatte que j'avais mise au-dessus de mon lit.

— Elle s'appelait Roxane. C'est elle qui m'a aidé à tenir le choc du départ du cocon familial pendant toute ma première année à Paris, mais, malheureusement, elle est décédée à cause d'une maladie… Nous n'avons passé qu'une année ensemble, mais j'étais attaché à elle comme à la prunelle de mes yeux. C'était une gentille chatte, très affectueuse et câline. Elle miaulait de joie à chaque fois que je rentrais à l'appartement, c'était tellement mignon et elle aimait beaucoup jouer, elle me ramenait son jouet en le prenant dans sa gueule pour m'inciter à jouer avec elle. Je n'avais jamais vu ça auparavant. Elle était adorable et il était impossible de ne pas s'attacher à elle. Je ne sais pas comment j'aurais fait sans elle. Un jour, elle avait à peine un an, elle est tombée malade. Le vétérinaire n'a rien pu faire, pancréatite aiguë. C'est rare chez le chat, et il a fallu que ça tombe sur le mien.

Je regardai Lou et la photo de Roxane, puis je souris en repensant aux bons moments que j'avais passés avec ce chat à regarder des films et à la prendre comme mon doudou la nuit. Lou hocha la tête avec un petit sourire et me dit :

— C'est mignon, la façon dont tu parles d'elle ! Ça se voit que tu étais attaché à elle.

Puis elle me demanda si je ne voulais pas avoir un autre animal. Je lui répondis que, pour le moment, je n'étais pas prêt à la remplacer, je ne voulais pas souffrir de nouveau. Je lui demandai si sa famille et elle en avaient un, mais elle me dit que non, mais qu'elle aurait aimé avoir un chat ou un chien.

— Tu es allé voir tous ces spectacles ? C'est fou ! me dit-elle en regardant chacun de mes posters.

J'en avais mis sur la majorité de mes placards et sur la porte d'entrée. Je les avais eus il y a deux ans au festival d'Avignon. Là-bas, pendant le festival, les rues étaient pleines d'affiches et j'avais pris celles des spectacles que j'avais vus et il y en avait aussi deux de la Comédie française que j'avais achetées au magasin après une représentation.

— Tu es déjà allée au théâtre ?

— Non. Je n'en ai jamais eu l'occasion… Mais je pense que ça me plairait. Ça serait une expérience !

Nous parlâmes encore de tout ce que Lou voulait faire dans sa vie. Elle avait fait une liste de vingt choses à faire avant de mourir, dont faire le tour du monde et aller à un concert d'*Imagine Dragons*. Je trouvais ça plutôt mignon ! Je pensais que cela n'arrivait que dans les films, mais il fallait croire que non. Je n'avais aucune idée de ce que je pourrais mettre dans une telle liste…

— Est-ce que je peux utiliser ta salle de bains ?

J'acquiesçai et elle prit une brosse à dents dans son sac, se retourna vers moi avec un petit sourire, puis partit dans la salle de bains. Je la prévins que la porte ne fermait pas à clé, mais que j'allai chercher un film sur *Netflix* pendant ce temps.

Quand elle en sortit, vêtue du tee-shirt le plus grand que j'avais pu trouver et que je lui avais donné avant qu'elle aille se changer, je ne pus m'empêcher d'être gêné et de baisser la tête. J'allai à mon tour dans la salle de bains et me sentis mal à l'aise de la laisser seule dans ma chambre, alors je me changeai rapidement et me lavai les dents pour la retrouver au plus vite.

Quand je sortis, je la vis assise sur le rebord du lit. Je lui proposai de faire un mur de coussins pour qu'il n'y ait pas de situations ambiguës pendant la nuit et elle rit en acceptant.

— Ça me rappelle les moments gênants en colo quand un garçon venait se faufiler dans la tente. On était tout intimidés et on mettait un mur de coussins entre nous pour ne pas nous toucher, me confia-t-elle en riant.

Après avoir fait ça, je me sentis déjà moins embarrassé quant à la perspective de dormir avec elle. Je savais pertinemment que j'allais dormir sur le rebord du lit pour ne pas avoir de mauvaises surprises au réveil.

— Ça te dit de regarder *Dirty Dancing* ? lui proposai-je.

Même si je savais qu'il était un peu plus d'une heure du matin, je voulais passer un maximum de temps avec Lou.

J'adorais ce film. J'avais dû le regarder des dizaines de fois, mais je ne pouvais pas me lasser de voir l'histoire d'amour de Johnny et Bébé. Lou dit qu'elle avait dû le voir une seule fois et qu'elle ne s'en souvenait plus. Pendant tout le film, je l'entendis relever toutes les incohérences du film : « Tu te rends compte que Bébé est arrivée le dimanche en ne sachant pas faire un seul pas de danse et en n'ayant aucun sens du rythme, mais que, bizarrement, le jeudi, elle sait déjà très bien danser et, le samedi, elle fait une chorégraphie digne de *Danse avec les Stars* ? » Ses réflexions auraient pu m'énerver, mais, au contraire, j'attendais de savoir ce qu'elle allait ensuite trouver comme invraisemblance.

Puis nous nous endormîmes chacun de notre côté du mur de coussins.

J'entendis un bruit et un juron, ce qui me fit sursauter. Je me souvins de la soirée de la veille qui avait été une des meilleures soirées que j'avais passée depuis longtemps. J'allumai la lampe et vis Lou se tenir le pied en grognant.

— Désolée de t'avoir réveillé, je ne voulais pas allumer, et je me suis cogné le petit orteil.

— Il est quelle heure ? lui demandai-je, encore endormi.

Je me rendis compte que je devais avoir une tête horrible en raison du manque de sommeil et parce que je supposais que tout le monde devait avoir une sale tête le matin. Lou me sourit, puis passa sa main dans ses cheveux.

— Je ne sais pas encore ! Mon téléphone était éteint, j'attends qu'il se rallume.

Je fis de même et regardai Lou qui cria :

— Ce n'est pas vrai ! C'est vraiment le karma qui est contre moi aujourd'hui ! Merde de merde ! Il faut que je rentre chez moi !

Mon téléphone s'alluma, montrant l'écran qui indiquait midi, soit l'heure à laquelle nous devions être dans notre domicile pour la durée du confinement. Nous nous étions couchés tard après avoir regardé le film et avoir parlé, cela expliquait pourquoi aucun d'entre nous ne s'était réveillé plus tôt. Nous n'avions plus entendu de bruit extérieur, sûrement à cause du confinement. Elle alla dans la salle de bains remettre ses vêtements en vitesse, pendant que je faisais de même dans la chambre. Je la vis prendre son sac et mettre son manteau.

— Merci pour cette superbe soirée ! J'ai passé un très bon moment, me remercia-t-elle en me faisant un bisou sur la joue.

Ce geste – quoiqu'insignifiant – me retourna l'estomac en deux secondes et un sourire se fixa sur mon visage. Je la suivis jusqu'à la porte de ma chambre et elle me dit :

— Je t'envoie un message quand je suis arrivée chez moi !

Mais je lui dis que j'allais quand même l'accompagner jusqu'à sa voiture. Elle l'avait garée dans la rue Monge à quelques minutes de chez moi… Je la rassurai en lui apprenant que le président avait dit que la police serait indulgente au début et qu'elle devrait donc rentrer sans trop de soucis. Mais, en arrivant devant la place où devait être garée sa voiture, il n'y avait aucune trace de son véhicule.

— Tu es sûre de l'avoir garée ici ?

— J'en suis sûre. Mais elle n'est plus là ! Pourquoi elle n'est plus là ? Est-ce que c'est un quartier fiable ou y a-t-il beaucoup de vols ? Ce n'est pas possible à quel point je suis malchanceuse !

— Non, c'est un quartier fiable. Tu étais bien garée ?

— Oui… Je crois… Je sais plus… J'étais très en retard, donc je ne me suis pas attardée sur ma manœuvre. J'ai dû me la faire embarquer ! Je ne peux plus rentrer chez moi.

Je la regardai, elle sautait dans tous les sens en hurlant à quel point son karma était déplorable. J'essayai de la calmer et lui proposai de faire le tour du quartier au cas où elle se serait trompée d'endroit. Elle accepta et nous remontâmes une partie de la rue Monge en quête de sa voiture, mais Lou disait qu'elle n'était pas passée par là la veille. Je me doutai que sa voiture avait dû être emportée par la fourrière et qu'il fallait appeler la gendarmerie.

Lou les appela, mais ils la mirent sur attente, ce qui la stressa davantage.

— Je vais faire comment pour rentrer chez moi ?

— Je crois qu'il ne reste plus beaucoup d'alternatives possibles Lou, lui répondis-je en faisant un pauvre sourire.

— Je ne vais quand même pas rester chez toi pendant une durée indéterminée ! Ce n'est pas un remake de *Pretty Woman* !

Je pensais aussi que les chances de passer le confinement avec Lou étaient plus que fortes si elle ne récupérait pas sa voiture dans la journée, et je craignais qu'avec les nouvelles mesures mises en place, elle ne puisse rentrer chez elle tout de suite.

— Ça tombe bien parce que, comme le confinement est à durée indéterminée, je serais pauvre en moins d'une semaine si je devais te verser le prix que payait Richard Gere pour passer du temps avec Julia Roberts, blaguai-je.

Lou se mit à rire et à pleurer en même temps, ce qui faisait un mélange d'émotions plutôt déroutant.

Chapitre 5

Benjamin

Lou et moi retournâmes dans mon appartement et ce n'était certainement pas la situation à laquelle j'avais pensé en m'inscrivant sur un site de rencontres. Ce genre de circonstance cocasse ne se passait habituellement que dans les films ! Je me retrouvais ainsi pendant un temps indéterminé avec une jolie fille. Combien de garçons rêveraient d'être dans ma situation ? Mais, à ce moment, je pensais juste que Lou allait découvrir à quel point j'étais ennuyeux et déprimé. C'était sûr, je n'aurais pas de deuxième rencontre avec elle... J'allais avoir un premier rendez-vous d'une durée indéterminée et, dès que possible, elle repartirait aussi vite que ses jambes et sa voiture lui permettraient, si toutefois elle était obligée de rester.

Lou reçut une notification sur son téléphone disant que sa voiture était à la fourrière et qu'elle devait aller à la gendarmerie avec ses papiers. Elle devait prendre sa carte d'identité, un certificat d'immatriculation et une procuration signée de sa mère – la voiture étant la sienne. Le problème est que Lou n'avait pas ce dernier papier sur elle.

Nous nous rendîmes à la gendarmerie du Ve arrondissement. Il y avait du monde dans les rues malgré l'ordre de confinement, les gens faisaient leurs courses pour ne manquer de rien. Après avoir fait la queue à l'extérieur de la gendarmerie pendant près d'une demi-heure, ce fut à notre tour de rentrer. Lou avait beau expliquer au gendarme que la voiture était celle de sa mère, que celle-ci habitait en Normandie et qu'elle avait un document le certifiant dans le véhicule, le gendarme ne voulait pas lui dire dans quelle fourrière se situait sa voiture. Elle m'implora du regard pour que j'intervienne et je bégayai qu'elle devait avoir son véhicule pour rentrer chez elle.

— Peut-être, monsieur. Mais je ne peux pas vous dire dans quelle fourrière se trouve votre voiture ni l'appeler pour lui dire que vous arrivez. Il faut nous comprendre, sans procuration signée, cette voiture aurait très bien pu être volée. Et puis, nous vivons une situation particulière et je ne sais pas comment vont évoluer les choses.

Je sentis Lou bouillonner à côté de moi et j'essayai de la calmer, mais elle continua de répéter au gendarme qu'elle devait avoir sa voiture pour rentrer chez elle, qu'elle ne pouvait pas rester à Paris, mais le gendarme continua de lui faire non de la tête. Il lui conseilla de rappeler en fin d'après-midi pour voir ce que nous pourrions faire.

Lou ne dit rien en sortant de la gendarmerie. Ce n'était probablement pas sa vision de notre premier rendez-vous. C'était à se demander ce qui allait se passer de pire par la suite. Nous étions déjà mal partis.

— Eh bien… Je crois que nous allons devoir cohabiter le temps que tu puisses avoir une procuration signée de ta mère, dis-je au bout d'un moment, brisant le silence.

— Je crois bien que oui… et je n'ai aucun habit…

Je lui dis que, pour les vêtements, je saurais me débrouiller avec une amie qui n'habitait pas loin d'ici. Nous retournâmes à l'appartement pour manger un morceau après ce début de journée chaotique. J'avais très faim et il était quinze heures passées. Je préparai des pâtes pendant que Lou appelait sa mère sur le balcon.

Comme elle avait laissé la porte ouverte, je pus entendre Lou lui dire qu'elle ne pouvait pas rentrer, car elle n'avait pas de document attestant à qui appartenait la voiture.

Sa mère cria à l'autre bout du fil qu'elle était vraiment immature et qu'on ne pouvait rien lui laisser.

— Maman… Je suis désolée… Il faudrait que tu me l'envoies par la poste le plus vite possible et il me faudrait le certificat d'assurance. Je n'ai pas pensé à prendre les documents avec moi en sortant de la voiture.

— Ce sont des documents que tu dois toujours avoir sur toi, pas dans la voiture ! En plus, tu habites chez ce garçon que tu connais depuis douze heures ! Fais attention, Lou, les garçons n'ont pas toujours de bonnes intentions. Méfie-toi de lui.

Je compris son discours, car toutes les mères auraient dit la même chose à leur fille. C'était normal. Lou ne put pas beaucoup parler, car sa mère monopolisa une grande partie de la conversation en disant qu'elle aurait mieux fait d'annuler ce rendez-vous avec moi et qu'à l'heure qu'il était, son amie, Val, devait être en train de paniquer. Il était vrai que même si Lou l'avait prévenue la veille, il n'empêchait qu'elle devait être inquiète de savoir son amie avec un inconnu dans Paris. Elle me dit entre deux longues tirades de sa mère qu'elle appellerait son amie après manger.

— Je t'enverrai les documents le plus rapidement possible, lâcha finalement sa mère, puis elle raccrocha.

Nous nous retrouvâmes devant notre plat de pâtes et Lou me dit qu'il fallait qu'on parle. Il y avait deux situations possibles, la première étant qu'elle puisse récupérer sa voiture. Pourrait-elle retourner chez elle sans problème ? La deuxième était qu'elle ne puisse plus la reprendre, qu'allait-elle faire ? Rester là ? Il était, selon moi, trop tôt pour tirer des plans sur la comète. On ne savait pas ce qu'il allait se passer les jours suivants avec la voiture et s'il allait y avoir de nouvelles instructions par rapport au corona. Il allait falloir vivre au jour le jour.

Pendant que je lavais la vaisselle, Lou était au téléphone sur le balcon et riait aux éclats avec son amie en disant que ce genre de choses n'arrivait qu'à elle. En me voyant, elle me sourit et me fit un signe de la main. Elle continua son appel pendant encore une petite heure, puis il fut temps de raccrocher pour rappeler la police. Nous voulions savoir s'ils avaient des informations supplémentaires, mais nous eûmes la même réponse que le matin et nous n'eûmes d'autre choix que de prolonger le séjour de Lou à Paris. Sa mère risquait de ne pas être contente.

J'envoyai un message à Sophie, mon amie, pour lui demander de me prêter quelques vêtements pour Lou. Il fallut que je lui explique la situation rapidement et ça la fit bien rire :

« Eh bah, Benjamin. Tu es dans de beaux draps ! Toi qui n'as plus l'habitude de sortir avec des femmes, tu te retrouves à vivre avec l'une d'elles ! »

Moi, je n'avais pas le cœur à rire !

Sophie habitait rue Censier et ce n'était qu'à dix minutes à pied de chez moi. Je lui envoyai un message pour lui dire que nous étions en bas de son immeuble. Elle descendit nous ouvrir la porte et nous entraîna chez elle. J'étais déjà venu quelques fois pour travailler des exposés. C'était pratique, car son appartement n'était qu'à deux minutes de l'université. Il était encore plus petit que le mien, elle n'avait pu mettre qu'un lit une place, une petite table et deux chaises pliables. Le regard de Sophie passa de moi à Lou, et inversement, puis elle sourit. Elle sortit plusieurs vêtements de son placard pour les montrer à Lou qui n'arrêtait pas de dire à chaque nouveau vêtement : « C'est tellement beau ! Mais où trouves-tu ça ? » Lou avait trouvé son bonheur dans les affaires de Sophie et la discussion était lancée. Nous prîmes un café et Sophie lui posa des questions sur elle et je lui fis les gros yeux. Ce n'était pas un interrogatoire de police ! Mais Lou répondit à toutes les questions de Sophie avec un grand sourire, puis la discussion bifurqua vers les séries ; Lou était dans son élément. Toutes les deux se retrouvèrent à parler d'une série que je ne connaissais que de nom, s'extasièrent sur le jeu des acteurs et firent des théories pour la saison suivante. Pour partir, je dus dire à plusieurs reprises à Lou que, si elle voulait faire un approvisionnement rapide, il fallait y aller. Elles échangèrent leur numéro et nous pûmes partir.

— Elle est cool ! J'ai passé un très bon moment, me dit-elle tout sourire quand nous sortîmes de l'immeuble.

En chemin vers la supérette, on pouvait voir encore beaucoup de monde se balader. J'espérais que, dans les jours à venir, les rues deviennent presque désertes, car sinon la circulation du virus ne ferait qu'augmenter. Les quelques jardins publics à côté de chez moi étaient désormais fermés et cela voulait donc dire un lieu de vie en moins.

Dans la supérette, beaucoup de produits de première nécessité étaient en rupture de stock. Le rayon des pâtes et du papier toilette était quasiment vide ! Les Parisiens avaient dû avoir peur d'une pénurie et avaient effectué leurs courses pour tenir un bout de temps. J'achetai assez de paquets de pâtes, des fruits et légumes et de la charcuterie pour survivre une semaine tandis que Lou faisait un approvisionnement de produits féminins.

En rentrant à l'appartement, je la laissai se changer pendant que je rangeais nos achats.

— J'ai un peu regardé tes photos hier soir... C'est ta famille ? me demanda-t-elle alors qu'elle était encore dans la salle de bains.

— Oui... et mes amis.

Je pensais qu'elle comprendrait que je ne voulais pas m'étendre sur la question, mais elle continua à me poser une autre question :

— Il y en a une avec une fille. C'était ta petite amie ?

Je savais à quelle photo elle faisait référence, car elle était juste au-dessus de mon lit. On pouvait y voir ma sœur et moi à Disneyland. On faisait un câlin à Dingo et nous sourions de toutes nos dents. Nous y étions allés peu de temps avant son décès... C'était l'un des derniers moments avec elle que j'avais pu passer. J'adorais regarder cette photo pour me remémorer ce moment. Elle était heureuse, avait été acceptée à La Sorbonne pour une licence de droit. Tout lui souriait.

Lou sortit de la salle de bains, attendant sûrement ma réponse qui ne vint pas. Elle avait revêtu un long tee-shirt multicolore et un jogging que lui avait prêtés Sophie. Ils lui allaient à merveille. Je n'osai pas la regarder longtemps de peur qu'elle me trouve trop insistant. Je ne voulais pas la mettre mal à l'aise.

Il fallait que j'envoie un message à Sophie pour la remercier à nouveau, et elle répondit : « Benjamin !

Arrête de toujours dire quarante fois merci ! Pour une fois que c'est moi qui te dépanne, et pas l'inverse ! »

— C'est ma sœur, répliquai-je en l'implorant du regard pour qu'elle ne me pose pas davantage de questions sur elle.

Je pouvais voir qu'elle me scrutait, cherchant à en savoir plus, mais j'étais bien résolu à ne rien lui dire. Elle hocha la tête, voyant à quel point j'étais têtu, et me demanda ce que je voulais faire pour ce début de soirée. Je lui expliquai que je travaillerais une petite heure, n'ayant rien d'autre à faire, mais elle insista pour que l'on passe un moment ensemble. Finalement, elle me proposa de regarder un film et j'acceptai. Cette fois, c'est elle qui le choisit et elle opta pour un film de science-fiction. Le film était une adaptation du livre *La Cinquième Vague* et, comme toutes les adaptations, le livre était bien plus palpitant que le film. Je ne fis pas de réflexion sur le fait que je trouvais les personnages pas assez développés ou que ce film n'avait pas de suite et qu'il fallait lire les livres pour la connaître, car j'aimais observer Lou qui semblait captivée par ce qu'elle regardait.

Je pouvais entendre Lola me parler dans ma tête : « Tente ta chance, Benjamin ! Une super fille est avec toi et tu ne fais rien ! Vis ta vie ! », mais c'était plus facile à dire qu'à faire.

Chapitre 6

Benjamin

Cela faisait désormais deux jours que nous vivions ensemble et j'étais toujours aussi gêné à l'idée de dormir avec elle. Heureusement que le mur de coussins était là pour me sauver la mise ! Nous nous levions tard, prenions le petit déjeuner, et puis la journée s'écoulait sans rien d'exceptionnel, confinement oblige. Lou et moi étions de grands bavards et nous apprenions à nous découvrir, Lou me faisait écouter ses musiques préférées – qui étaient presque toutes des musiques récentes que je ne connaissais pas. Quand je lui fis écouter à mon tour mes musiques préférées, elle me charria en disant que j'étais resté coincé dans les années 80, mais qu'elle les trouvait sympas. Lou me parlait de sa famille qui habitait dans un appartement à Rouen et elle souriait en parlant de ses trois frère et sœurs. Je la trouvais adorable. Quand elle souriait, son nez en trompette se relevait légèrement. Mais elle avait une seconde facette ; elle se plaignait régulièrement. Le premier soir, Lou voulut cuisiner, mais rien n'allait comme il fallait, il n'y avait pas les bons ingrédients et les plaques de cuisson étaient trop lentes à chauffer. Je ne répondais jamais, préférant me terrer dans le silence, mais Lou donnait l'impression de ne jamais être contente de ce qu'elle avait. Elle appelait sans relâche sa mère pour avoir des nouvelles de la procuration signée, mais la poste était fermée pour une durée indéterminée. Elle ne pouvait donc pas reprendre sa voiture et retourner chez elle. Vivre dans vingt mètres carrés ne semblait pas être son rêve le plus fou, surtout quand on ne pouvait sortir qu'une heure hebdomadaire ! Nous avions de la chance, car il ne faisait pas encore trop chaud à cette période, mais, si le confinement continuait jusqu'en avril, nous risquions de suffoquer et mon petit ventilateur nous serait bien utile.

Je travaillais beaucoup et le mur au-dessus de mon lit qui me servait de pense-bête se remplissait de plus en plus de Post-it. J'en avais plusieurs sortes et me ravitaillais toujours avant d'en manquer. C'était une des choses qui montrait à quel point j'étais maniaque. Lou me demandait souvent de regarder des séries et je venais voir un épisode ou deux pour lui faire plaisir, puis je retournais à mon travail.

Lou me regardait étudier depuis le lit où elle visionnait des séries.

— Pourquoi as-tu ce besoin obsessionnel de travailler ? Tu sais que la majorité des personnes de notre âge font actuellement un marathon *Netflix* ?

Je ne voulais pas lui dire la vraie raison. C'était trop personnel et nous ne nous connaissions que depuis peu de temps. Je ne voulais pas me dévoiler et elle non plus ne le faisait pas. Elle ne me parlait pas beaucoup de sa famille quand je le lui demandais. Souvent, elle était assez évasive et changeait de conversation. Je ne lui posais pas davantage de questions, car je ne souhaitais pas qu'elle fasse de même.

— Pourquoi as-tu ce besoin obsessionnel de regarder autant de séries ? lui rétorquai-je en souriant.

Elle souffla, sûrement déçue que je réponde à sa question par une autre. Elle regarda encore un petit peu sa série et, pendant ce temps, je finis ce que j'étais en train de faire. Je cherchais plusieurs sources d'inspirations pour le projet avec la troupe. Je trouvai des bouts de captation de la version macabre d'*Hamlet* mise en scène par Macaigne et regardai à plusieurs reprises le clip de Billie Eilish qui se passait dans une sorte de centre psychiatrique. J'aimais cette vision que je pouvais apporter à *Hamlet* et pensais à faire une mise en scène complètement moderne, qui reflétait mes états d'âme du moment. Toute la pièce pourrait montrer les pensées sinistres d'Hamlet, celles qui m'habitaient également – certes pas les mêmes, mais j'aurais préféré mourir à la place de Lola... Que ferait ma sœur en ce moment si elle n'était pas décédée ? Serait-elle dans un petit appartement près du quartier Saint-Michel comme elle en rêvait ?

Lou me coupa dans ma rêverie en me demandant si je n'avais pas un jeu de société, car elle avait remarqué que je ne voulais pas tout le temps regarder des séries et elle commençait à s'ennuyer. Je n'en avais pas, seulement un jeu de cartes italien que m'avait rapporté Lola d'un voyage scolaire. Ça s'appelle la *scopa*, mais ça faisait désormais un moment que je n'y avais plus joué. Je l'avais mis dans une boîte sur une des étagères poussiéreuses de ma bibliothèque, ne pensant plus jamais rejouer une partie de ma vie. Mais, encore une fois, Lou me ramenait à Lola. Quand je dis le nom du jeu de cartes à Lou, elle me répondit qu'elle ne connaissait pas. Je regardai les règles du jeu sur Internet et les lui expliquai ensuite. Pendant que j'étais en train de distribuer les cartes, Lou me charria :

— Depuis le temps que je te demandais de passer un petit moment avec moi !

Je commençai la partie et eus de la chance. Pour gagner, il fallait avoir le plus gros tas de cartes – les cartes évidemment avaient des valeurs différentes – et aussi avoir plus de cartes de valeurs que son adversaire. Mon tas devenait de plus en plus important et celui de Lou peinait à s'agrandir. Elle faisait la tête et, à chaque fois qu'elle lançait une carte et ne pouvait pas en récupérer, elle se plaignait. Finalement, je gagnai et Lou bouda comme une enfant de trois ans. Au début, je la charriai, mais je me rendis vite compte qu'elle prenait ça très au sérieux. Moi qui pensais qu'elle voulait juste passer un petit moment avec moi à jouer à un jeu de société… J'aurais dû lui dire qu'on pouvait regarder une série…

Je partis cuisiner, Lou boudant toujours sur sa chaise. J'espérais qu'elle n'allait pas gâcher davantage l'ambiance au dîner. Je préparai une omelette pour changer de la plâtrée de pâtes habituelle, mais elle n'y toucha qu'à peine. Aucun de nous deux n'avait échangé un mot pendant le repas et ça m'agaçait. Ce n'était qu'un stupide jeu, il ne fallait pas en faire tout un plat !

— Tu sais, ce n'est qu'un jeu. Et puis, c'était la première fois que tu essayais. On y jouera à nouveau demain et tu t'amélioreras ! lui expliquai-je en souriant.

Pourquoi réagir de façon aussi disproportionneée pour un simple jeu ?

— Je veux plus y jouer… Je suis trop nulle.

— Tu veux refaire une partie ? Pour voir que tu n'es pas nulle…

Elle réfléchit un petit peu, puis accepta. Je redistribuai les cartes et nous commençâmes à jouer. Je fis en sorte que Lou gagne, car je ne voulais pas avoir une deuxième crise de sa part avant d'aller nous coucher. Il ne fallait jamais se coucher fâchés. Lola n'aimait pas qu'on se dispute avant d'aller au lit, alors elle venait toujours dans ma chambre pour qu'on s'excuse.

Lou vit son paquet s'agrandir rapidement, ce qui la fit sourire, pendant que le mien s'agrandissait lentement, très lentement. À la fin de la partie, ce fut elle qui gagna. Elle avait l'air contente et, en me rendant les cartes, elle me remercia :

— Tu sais… J'ai remarqué que tu m'avais fait gagner… Mais merci…

Elle ne m'expliqua pas pourquoi elle s'était si énervée à la première partie et je préférai ne pas insister pour ne pas provoquer une troisième guerre mondiale.

— Je ne te propose pas de regarder un film ce soir, me nargua Lou.

Je lui souris et lui dis que si elle voulait regarder un film avec moi, il n'y avait pas de soucis. Elle hocha la tête, mais rétorqua que, pour une fois, ce n'était pas si mal si nous ne regardions pas de films. Je pensai que c'était le moment de dormir, car elle ne parla plus. Elle était dos à moi et je ne pus pas voir si elle dormait. Au bout d'un moment, alors que je commençais à m'endormir, j'entendis Lou me poser une question en chuchotant.

— J'ai lu quelques-uns des Post-it pendant que tu étais sous la douche… C'est quoi, Macaigne ?

— Ce n'est pas quoi, mais qui. C'est un metteur en scène français très connu, lui répondis-je en souriant, heureux qu'elle s'intéresse à ce que je faisais.

Même s'il y avait des petites « crises » qui plombaient l'ambiance, Lou n'était pas rancunière et j'aimais passer du temps avec elle. Je voyais qu'elle faisait tout pour en savoir plus sur moi et je lui dévoilais toujours un peu plus de choses. J'avais cependant du mal à lui tirer plus d'informations sur sa vie.

— Et pourquoi as-tu mis son nom sur ce Post-it ?

— Parce que sa mise en scène d'*Hamlet* m'inspire. Je pourrais te montrer demain des extraits si tu veux.

— Ça me ferait très plaisir.

Puis nous ne parlâmes plus. J'entendis sa respiration ralentir, signe qu'elle s'était endormie et je ne tardai pas à faire de même.

En me réveillant le lendemain, je vis Lou sur le balcon au téléphone. Elle articula silencieusement : « J'appelle la gendarmerie. » Je hochai la tête et restai un petit peu dans le lit pour l'observer à la dérobée. Elle était fine et plutôt petite, je la dépassais d'au moins deux têtes. Elle était toujours élégante et je me demandai comment je pouvais l'avoir intéressée au travers de mes messages. Après tout, je ne lui avais envoyé qu'un simple « Salut »...

Après avoir enfilé un pantalon, je m'approchai d'elle pour entendre la conversation.

Elle mit le haut-parleur. On pouvait entendre une musique d'attente.

— Tu as bien dormi ? me demanda-t-elle en souriant.

Elle était déjà habillée et je me rendis compte qu'elle devait être debout depuis un moment.

— Très bien. Et toi ?

— J'ai du mal à dormir en ce moment...

Puis la musique s'arrêta, laissant place à la voix d'un gendarme. Lou expliqua de nouveau la situation au gendarme en lui disant qu'il était impossible de recevoir la procuration signée par sa mère, car la poste était fermée. Le gendarme lui dit que de toute façon les fourrières étaient fermées jusqu'à nouvel ordre et qu'il faudrait qu'elle fasse sans sa voiture. Elle protesta qu'il lui fallait rentrer, qu'elle ne pouvait pas laisser sa voiture là et pesta jusqu'à ce que le gendarme lui dise de rappeler la semaine suivante pour voir où en étaient les choses. Lou encaissa la nouvelle, choquée et appela sa mère. Celle-ci se mit en colère, disant qu'elle ne pouvait s'en vouloir qu'à elle-même si elle se retrouvait coincée à Paris et que, pour une fois, elle devait assumer les conséquences de ses actes. Lou coupa d'un coup le haut-parleur, gênée que j'aie entendu ça. Je retournai à l'intérieur, lui laissant un peu d'intimité. Je pus la voir bouillonner et répliquer sèchement à sa mère qu'elle n'avait pas besoin qu'elle la traite comme une gamine. C'était la deuxième conversation avec sa mère à laquelle j'assistais et celle-ci lui parlait à chaque fois froidement. Ma mère n'avait jamais employé ce ton avec moi et, même si Lou me racontait des anecdotes de son frère et ses sœurs en riant, elle n'évoquait jamais sa mère. C'était un sujet tabou.

Elle raccrocha juste après, rentra dans l'appartement et cria à plusieurs reprises : « J'en ai marre ! » en gesticulant dans tous les sens, puis elle jeta son téléphone et il en avait fallu de peu pour qu'il atterrisse contre le mur. Elle était hystérique. Je regardai l'heure : dix heures. Si certains de mes voisins voulaient dormir jusqu'à onze heures, c'était raté. Tout l'immeuble devait l'entendre crier. Elle pleurait et ce n'était pas joli à voir. J'étais démuni, ne sachant que faire et, lorsque j'essayai enfin de m'approcher d'elle pour la calmer, elle me repoussa en hurlant qu'elle n'avait pas besoin de moi et qu'elle était adulte. Je lui aurais bien dit qu'elle ne ressemblait pas vraiment à une adulte actuellement, mais préférai me taire, ne voulant pas recevoir ses foudres. Elle avait changé radicalement d'humeur en un laps de temps si court que c'en était effrayant. Je n'avais pas l'habitude des crises de nerfs de cette sorte, les seules dont je me souvenais étaient celles de ma sœur quand elle était enfant lorsqu'elle voulait à tout prix quelque chose que mes parents lui refusaient. J'avais désormais une vie tranquille digne d'un senior.

Lou fit une attestation à la va-vite, prit son sac, ainsi que son téléphone et se dirigea vers la porte. Je me précipitai pour la rejoindre, mais elle hurla une fois de plus :

— Fous-moi la paix, Benjamin ! J'ai besoin d'être seule, alors ne t'avise pas de me suivre !

Puis elle claqua la porte et je restai là, décontenancé et un peu blessé, car je ne cherchais qu'à l'aider. Elle voulait être seule pour réfléchir, soit, de toute façon, je savais que, une heure plus tard, elle serait de retour – son attestation n'étant plus valable après.

Je continuai à faire ma mise en scène et guettai l'heure du coin de l'œil. J'avais du mal à me concentrer, repensant à l'état dans lequel elle était en sortant de l'appartement. Elle ressemblait à une furie. Son changement m'avait vraiment pris au dépourvu et m'avait montré une nouvelle facette de Lou que je n'appréciais pas.

J'espérais qu'elle saurait utiliser *Google Maps* pour retrouver l'appartement. Le temps défilait et je regardai à plusieurs reprises mon téléphone, espérant recevoir un message de Lou, mais rien n'arriva. Une heure s'écoula sans aucune nouvelle d'elle. J'escomptais qu'elle allait revenir dans les minutes suivantes, mais ce ne fut pas le cas. Je lui envoyai plusieurs messages et cherchai à plusieurs reprises à l'appeler, mais je tombais toujours sur sa messagerie. Peut-être n'avait-elle plus de batterie. Elle ne connaissait pas bien Paris, elle risquait de se perdre… J'appelai Sophie pour savoir si elle pouvait m'aider à chercher Lou, mais elle ne me répondit pas non plus. Je ne pus plus attendre dans mon appartement sans rien faire, fis une attestation en vitesse et sortis faire le tour du quartier. Je ne la trouvai pas. Je paniquai sérieusement et continuai de l'appeler sans réponse de sa part. M'en voulait-elle pour avoir voulu l'aider ? Je souhaitais seulement la calmer et envisager des solutions pour l'avenir…

J'interpellai le peu de monde que je vis sur mon chemin pour leur demander – à l'aide de sa photo de profil du site de rencontres – s'ils n'avaient pas vu Lou, mais les passants me regardèrent bizarrement. Personne ne l'avait vue. Je paniquai de plus belle, ne sachant pas qui appeler pour m'aider. J'aurais été tenté d'appeler la police ou la gendarmerie, mais ils me prendraient pour un fou et je savais qu'ils n'allaient pas lancer de recherche, après tout, elle était majeure et rien ne l'attachait à moi. J'avais toujours été du genre surprotecteur et je paniquais pour un rien, alors quand je vis qu'il me restait peu de temps pour chercher Lou, je me mis à courir pour ratisser plus d'endroits de mon quartier. Elle ne connaissait pas bien Paris et je craignais que son téléphone soit déchargé. Cinq minutes avant la fin de mon heure hebdomadaire, Sophie m'appela et je répondis instantanément.

— Lou vient d'arriver chez moi en pleurs. Je voulais te rassurer, mais attends un petit peu avant de venir... Nous allons avoir une petite conversation avant, m'informa-t-elle.

Je rentrai chez moi et attendis de recevoir un message de Sophie pour que je puisse ramener Lou à l'appartement. Il était treize heures quand je reçus le message de Sophie et je quittai instantanément mon appartement. Quand j'arrivai chez Sophie, elle me laissa passer devant elle et me dit qu'elle allait faire le tour du quartier pour nous laisser seuls. Elle fit un signe de la main à Lou qui lui répondit. Sophie partit et je me retrouvai seul avec Lou qui ne voulait pas me regarder. J'attendis un petit peu pour que nous puissions nous remettre tous les deux de nos émotions en espérant qu'elle prenne la parole la première, mais elle ne le fit pas. Elle était encore plus têtue que moi !

— Tu m'as fait peur, Lou... Ça fait deux heures que tu es partie et tu ne m'as pas envoyé de message. J'ai ratissé tout le quartier comme un fou à ta recherche... Ne fais plus jamais ça, s'il te plaît.

— Je n'avais plus de batterie et je ne savais plus où était ton appartement... J'ai eu de la chance de m'être souvenue que Sophie habitait à côté de la Sorbonne. J'ai reconnu le quartier. Je suis désolée de t'avoir fait peur... J'avais besoin de réfléchir. Je ne m'attendais pas à tous ces événements quand je t'ai proposé ce rendez-vous...

Nous avions été tous les deux dépassés par la tournure des événements et je compris qu'il fallait que je lui accorde des moments seule pour se retrouver avec elle-même.

— Je suis désolée de m'être emportée comme ça tout à l'heure et de t'avoir parlé méchamment. L'appel avec ma mère a été dur à encaisser...

Puis elle m'expliqua que sa mère vivait seule avec son frère et ses sœurs et qu'elle n'arrivait pas à s'en sortir pour s'occuper de son travail et d'eux. Lou les avait toujours aidés à faire leurs devoirs. Sa mère l'avait souvent traitée durement parce qu'elle voulait qu'elle s'en sorte dans la vie, mais c'était compliqué de supporter ses reproches continuellement.

— Ce n'est pas par choix que j'ai arrêté mes études… Quand j'étais en première, ma mère avait du mal à joindre les deux bouts. Mon père n'a jamais été là pour nous et ça fait des années que je n'ai pas de nouvelles de sa part. J'ai donc trouvé un emploi auprès d'une connaissance de la famille et j'ai commencé à travailler dans une épicerie et à faire les marchés. Je ne touchais pas grand-chose, mais suffisamment pour nous permettre de nous en sortir. Avec le peu d'argent que j'avais gagné et économisé, j'ai pu acheter une voiture pour la famille, mais elle a été mise au nom de ma mère pour faciliter les demandes d'assurances. Maintenant, j'ai vingt-deux ans et je n'aime pas mon travail, mais je n'aurais pas le courage de reprendre mes études à mon âge… J'ai toujours su ce que je voulais faire comme métier. J'avais pour rêve d'être éducatrice spécialisée… Je n'étais pas trop mauvaise à l'école et, si j'avais continué mes études, j'aurais eu une chance de faire ce métier. Je ne suis qu'une ratée et ma mère aime bien me le rappeler comme ce matin au téléphone…

Je trouvai ça courageux de se confier à moi. J'en apprenais plus en cinq minutes sur elle que depuis notre rencontre. Je la laissai parler, mais, en même temps, je pensais à ce que je lui cachais depuis le début : pourrais-je lui dire que, depuis que ma sœur était décédée, je n'étais plus le même ? J'en avais envie, mais le lui dire, c'était comme si je me jetais dans le vide, c'était ouvrir une plaie et ça m'effrayait.

Lou me faisait de la peine à vouloir se donner autant de mal pour aider sa mère et, finalement, ne pas avoir la reconnaissance escomptée. Sa mère était vraiment dure envers elle et, si la mienne m'avait parlé ainsi, je serais complètement miné. Il fallait reconnaître que ma sœur et moi avions eu plus de chance. Mes parents avaient toujours voulu notre bonheur et ne s'étaient jamais opposés à ce que nous réalisions nos rêves. Quand j'avais montré mon intérêt pour la licence d'études théâtrales à La Sorbonne, ils n'avaient pas hésité à me laisser tenter ma chance même s'ils étaient très protecteurs et que ce n'était pas facile financièrement… Pour Lou, ce n'était pas aussi simple.

Je voulus l'enlacer, mais deux choses m'en empêchaient : la première était que j'étais extrêmement gêné à l'idée de le faire et la deuxième était que j'avais peur de ressentir quelque chose si je le faisais. Je savais que me poser autant de questions pouvait être un frein à ma relation, amicale pour le moment, avec Lou.

Je lui proposai de l'aider à chercher avec elle comment elle pourrait reprendre ses études et à passer son baccalauréat. Lou hocha la tête. Je pus discerner une lueur d'espoir passant dans ses yeux et elle me sourit comme si elle était soulagée. Je savais que ça allait lui trotter dans la tête. Peut-être ne le ferait-elle pas cette année, mais l'année suivante. Ainsi, je commençais à me projeter dans l'avenir avec elle – peu importe la relation que nous aurions et cela me décontenançait. Tout allait si rapidement. Dans beaucoup de films romantiques à l'eau de rose, le garçon et la fille tombent amoureux à une vitesse fulgurante ! Dans *Pretty Woman* et *Dirty Dancing*, une semaine avait suffi... Combien de temps nous faudrait-il ? Je me sentais proche d'elle comme je ne l'avais jamais été avec quelqu'un auparavant, j'aimais passer du temps avec elle et je stressais quand elle n'était pas là... Je commençais à m'attacher à elle – avec ses qualités et ses défauts – et elle me plaisait énormément. Même si elle avait eu quelques caprices la veille au soir et ce jour-là, cela n'avait pas d'importance, je mettais ça sur le compte du manque de confiance en elle, sa mère ne la soutenant pas dans ses décisions.

J'envoyai un message à Sophie pour lui dire qu'elle pouvait revenir à l'appartement et nous rentrâmes chez moi. Lou était morte de faim et décida de faire des pâtes au pesto sans se plaindre de la lenteur de la plaque de cuisson. Elle sourit et insista pour que je lui montre la mise en scène de Macaigne pendant le repas et j'essayai de l'en dissuader, ne voulant pas gâcher l'ambiance. Lou continua d'insister pendant tout le repas telle une enfant et je cédai finalement pour lui montrer la mise en scène macabre. Elle fut dépitée par ce qu'elle voyait et me demanda après quelques instants :

— Et c'est ça qui t'inspire ? Du sang partout, des viols et de l'hystérie ?

— Ce n'est pas forcément ça… Ce qui m'inspire, c'est que Hamlet se torture l'esprit avec le passé.

Je voulus rajouter « comme moi… », mais ne le fis pas et je pestai contre moi-même, mais elle le fit pour moi.

— Comme toi ? Ton passé te torture l'esprit ? C'est pour ça que tu travailles sans arrêt ?

La question sur mon besoin obsessionnel de travail était une des questions favorites de Lou, mais je ne lui répondais jamais.

— Oui, ça a quelque chose à voir.

Je ne voulais pas qu'elle cherche à en savoir plus et elle ne le fit pas. Il était presque quinze heures et Lou me proposa de regarder un film et, cette fois, je ne refusai pas. Elle avait choisi *L'Amour sans préavis* avec Sandra Bullock et Hugh Grant, un classique des films à l'eau de rose. Je passai un bon moment et, pour une fois, Lou ne fit aucun commentaire. Je lui demandai si elle s'ennuyait, ce à quoi elle me répondit qu'au contraire elle trouvait le film génial !

Le reste de la journée, nous le passâmes à regarder d'autres films à l'eau de rose et à parler de ce qui allait advenir les prochains jours. Lou me dit plusieurs fois : « Pitié ! Ne passe pas tes journées à travailler, sinon je vais mourir d'ennui. » J'avais promis que nous ferions des activités ensemble : des jeux de société, du sport, et même des apéros avec mes amis. Quand elle fut sous la douche, j'en profitai pour acheter sur Amazon un Monopoly et quelques puzzles. J'avais remarqué qu'à chaque fois que Lou se douchait, elle chantait et qu'elle fredonnait assez souvent. Je voulais m'investir dans ce confinement pour Lou et pour peut-être m'amuser de nouveau. J'avais besoin de lui faire plaisir et envie de passer du temps avec elle. Contre toute attente, j'étais content qu'elle soit là et j'avais envie de la découvrir davantage… Mais ressentait-elle la même chose ?

Ce soir-là fut le premier soir où le mur de coussins fut enlevé après une initiative de Lou :

— Benjamin, je sais maintenant que tu n'entreprendras rien si je ne le veux pas. Je pense que nous pouvons enlever le mur de coussins.

Je fis attention à ne pas m'approcher d'elle pendant la nuit, malheureusement pour moi, Lou prenait beaucoup de place. Je reçus un bon nombre de coups dans la figure et je jurai en silence pour ne pas la réveiller.

Chapitre 7

Benjamin

Lou rappela le lendemain sa mère pour s'excuser de s'être emportée. Elle lui dit qu'elle n'y était pour rien si elle était encore coincée à Paris et que ça ne changerait rien de s'énerver. Sa mère était très distante et disait qu'elle avait beaucoup de mal à s'occuper de son frère et ses sœurs seule et qu'elle aurait bien besoin d'aide...

Pendant les jours qui suivirent, Lou et moi trouvâmes une certaine routine. Lou partait faire une heure de jogging dans le quartier – emmitouflée dans des dizaines de foulards pour être au minimum à l'abri et, pendant ce temps-là, je travaillais. Je ne voulais pas trop travailler quand elle était à l'appartement et préférais privilégier des moments ensemble. Lou m'informa qu'elle aimait beaucoup courir à Rouen et qu'elle était plutôt douée, car, pendant ses études, elle était arrivée plusieurs fois première du cross de son lycée. J'étais admiratif puisque je n'étais pas un grand sportif et que la course était pour moi synonyme de torture. Je finissais rapidement essoufflé avec les jambes en coton… Mais elle avait besoin de cet espace de liberté, surtout en ces temps de confinement. D'ailleurs, de plus en plus de Parisiens faisaient du jogging, c'est ce qu'avaient annoncé les journalistes. Il faut dire que l'activité sportive faisait partie de la liste des points qui vous donnaient le droit de sortir. Cela ne plaisait pas toujours au gouvernement, car, de ce fait, il y avait beaucoup de monde dans les rues de Paris. À la télévision ou à la radio, on nous répétait continuellement qu'il fallait rester chez soi et respecter scrupuleusement le confinement.

Je ne sortais que pour faire quelques courses. Lou était celle qui passait le plus de temps dehors.

Je trouvais ça fou que des personnes ne prennent pas encore au sérieux ce qui nous arrivait. Il y avait deux types de personnes ; ceux qui n'étaient pas raisonnables et, au contraire, ceux qui se ravitaillaient une seule fois pour survivre pendant un bon bout de temps. J'étais plutôt de la deuxième catégorie et avais fait un stock de farine, d'œufs et de papier toilette pour tenir un moment. À chaque fois que nous prenions l'ascenseur, nous nous désinfections les mains deux fois pour être sûrs d'avoir tué un maximum de virus. Nous étions devenus de véritables hypocondriaques. Comme beaucoup, nous mettions nos achats sur le balcon avant de les ranger en espérant que ce satané virus qui terrorisait la planète meure. Au début, nous regardions les informations tous les soirs, mais, peu à peu, nous renonçâmes. Quelle angoisse de voir le nombre de morts s'agrandir tous les jours et entendre des personnes dire que tout ça n'était qu'un complot me rendait fou ! Cette situation était nouvelle et inattendue… Tous les pays étaient à l'arrêt et une ambiance pesante avait pris place. Personne n'était prêt pour une telle pandémie. La médecine faisait son possible, mais les masques manquaient pour les soignants. Des bénévoles trouvaient des solutions de remplacements en cousant des centaines de masques en tissus. D'autres personnes commençaient à faire des visières avec les imprimantes 3D. C'était la période des innovations. À vingt heures pétantes, tout mon quartier se retrouvait sur les balcons pour applaudir les soignants. Certains prenaient les casseroles, d'autres apportaient leurs instruments pour remercier les soignants pour leur investissement : c'était une célébration et un moment de convivialité comme j'en avais rarement vu. Avant le confinement, je ne savais pas à quoi pouvaient ressembler mes voisins et, grâce aux applaudissements, j'avais pu apprendre à les connaître. Nous nous parlions de temps à autre, de balcon à balcon. Finalement, une solidarité et une convivialité nouvelles s'étaient installées grâce au confinement. Les soignants étaient enfin mis à l'honneur pour leur travail. Ils se battaient pour nous en n'ayant même pas le matériel. Ils ramaient pour s'en sortir, doublant leur temps de travail pour aider la population. Lou comparait bien souvent ce qui se passait en ce moment à l'apocalypse dans les films de science-fiction et cela n'avait rien de rassurant.

Le 21 mars, Lou rappela la police pour savoir si les choses avaient avancé et si elle pouvait récupérer sa voiture, leur expliquant de nouveau la situation, mais on lui répondit que tout était à l'arrêt et qu'il ne servait à rien dans l'immédiat de poursuivre les démarches. Je la vis se décomposer au téléphone, elle raccrocha et m'expliqua ce qu'elle venait d'apprendre. De toute évidence, elle allait devoir attendre la fin du confinement pour retourner chez sa mère. Le problème était que nous ne savions pas quand cela allait se finir. Lou me demanda à plusieurs reprises si cela ne me gênait pas qu'elle reste et il était évident que je voulais qu'elle y demeure davantage. Il fallait que je mette tout en œuvre pour que son séjour soit agréable et qu'elle n'ait plus envie de repartir, je souhaitais que Lou se sente bien. Je redoublais d'imagination : nous faisions des origamis en regardant des tutoriels et bien souvent nos travaux ne ressemblaient pas à ceux escomptés, mais nous nous amusions et c'était le plus important. Lou envoyait plusieurs messages à son frère et ses sœurs pour leur montrer nos travaux avec le lien pour qu'ils les reproduisent. Ils avaient entre huit et douze ans, il fallait bien les occuper. Leurs professeurs leur avaient donné des devoirs, mais le fait de n'avoir qu'un ordinateur dans la maison compliquait la tâche et la mère de Lou n'avait pas envie de faire la classe à la maison. Quand nous ne faisions pas des origamis, Lou m'apprenait à faire des gâteaux et cela nous prenait une bonne partie de l'après-midi. Elle m'expliquait ce qu'elle savait faire et je faisais de même. Lou devenait de plus en plus indispensable à mon bien-être et j'étais tellement heureux de passer le confinement avec elle que je ne faisais que sourire. Je travaillais d'ailleurs de moins en moins. Je me demandais comment faisaient les personnes qui vivaient seules en ce moment pour ne pas se sentir malheureux et pour avoir la volonté de se lever le matin.

Comme je lui avais promis, je l'aidais à effectuer des recherches pour savoir comment reprendre ses études. Nous regardâmes sur le site de l'ONISEP que nous avions beaucoup utilisé en terminale avec notre professeur principal et nous eûmes des informations. Il lui faudrait repasser le baccalauréat en candidate libre. Je m'imaginais déjà l'aider à se remettre à niveau et à réviser. Lou me dit qu'elle voulait être à tout prix un jour éducatrice spécialisée, qu'elle souhaitait être libre et autonome et s'épanouir dans son travail plutôt que de faire toute sa vie des petits jobs sans lendemain.

En ce début de confinement, le temps n'avait aucune pitié. Il faisait beau et très chaud et mon petit ventilateur tournait à plein régime. Nous restions en débardeur et short, mais la chaleur était quand même insoutenable. Nous étions chanceux, car il y avait mon balcon et nous pouvions lire dehors sans soucis. Ceux qui vivaient dans les chambres de bonnes sans ventilateur devaient être en train de mourir de chaud.

Le 23 mars fut le premier apéro en visio que je fis avec mes amis. C'est Lou qui avait eu cette idée et avait fixé le rendez-vous pour dix-neuf heures. Au départ, je n'étais pas très emballé, mais elle m'avait sorti avec désinvolture :

— Je vais finir par croire que tu veux me cacher à tes amis ! Et puis tu sais, apéro rime avec biscuits apéro à volonté !

Je ris et finis par accepter. Lou me regarda triomphante et, après avoir étalé quelques sachets de biscuits sur la table, nous appelâmes mes amis. Certains étaient retournés chez leurs parents à la campagne et d'autres – comme Sophie – étaient restés dans leur petit appartement parisien. Ceux qui étaient à la campagne étaient heureux d'avoir fait ce choix : vivre ce confinement là-bas était bien plus facile que de le vivre en ville. Il y avait apparemment peu de monde dehors à la campagne, alors qu'à Paris, notre rue n'était jamais déserte, mais, après tout, les personnes vivant à la campagne possédaient bien souvent un jardin où ils pouvaient s'aérer.

Finalement, nous fûmes une dizaine à avoir rejoint l'appel et tout le monde parlait en même temps, ce qui créait une cacophonie totale et nous passions de bons moments de fou rire. Nous étions au départ un groupe de trois amis de faculté et chacun avait ramené certaines connaissances rencontrées lors de spectacles ou dans des stages avec une troupe. Le théâtre était ce qui nous avait réunis et nous avions décidé de former une petite troupe. Lou fut accueillie dans la bande comme si elle en avait toujours fait partie – elle dut évidemment répondre à plusieurs questions de mes amis – mais tout le monde était sous le charme et je souris de toutes mes dents. Nous ne parlâmes pas du boulot, à la place, nous discutâmes de notre quotidien et de ce qu'on voudrait faire à la sortie de ce confinement – certains lâchèrent : « Aller sur les terrasses me boire une bonne bière ! », d'autres

« Aller draguer les filles ! Il faut que je retourne en boîte de nuit ! »... Ce virus avait entraîné la fermeture des cinémas, des boîtes de nuit et des salles de spectacle, ainsi, tout le côté culturel de Paris était réduit à zéro et cela nous manquait. Ça me faisait plaisir de passer ce moment avec eux et Lou sembla heureuse également. Elle rit aux blagues de mes amis et fut tout sourire tout le long de la visio. Nous nous promîmes de faire ces apéros visio toutes les semaines et j'avais hâte d'être à la semaine suivante pour pouvoir à nouveau passer un bon moment avec eux.

À la fin de la visio, quelques-uns de mes amis m'envoyèrent des messages pour me dire que je semblais heureux et que ça leur faisait plaisir. Je ne pouvais plus laisser partir Lou et son sourire. C'était ce qui s'appelait être accro.

Cela faisait maintenant dix jours que le confinement avait commencé et c'est comme si une prise de conscience collective face à ce virus avait émergé... Des initiatives du voisinage se créaient : certaines personnes offraient leur aide pour faire les courses aux plus âgés, d'autres mettaient de la vie dans le quartier en animant des cours de sports devant les immeubles et certains venaient faire des petits concerts devant les fenêtres. Les restaurateurs avaient dû fermer boutique, mais un restaurant que j'affectionne beaucoup : La Comedia – qui était à deux minutes de la Sorbonne et de chez Sophie – continuait à faire des pizzas à emporter et nous en avions commandé une avec Lou qui s'était régalée. En même temps que le nombre de morts augmentait, l'angoisse germait. À chaque fois que quelqu'un se trouvait sur le même trottoir que nous quand nous nous baladions, nous en changions par peur d'être contaminés. Dans les magasins, les gens circulaient avec masque et gants… c'était devenu la psychose. Lou avait recontacté la gendarmerie pour demander si la fourrière était ouverte, malheureusement, ce n'était pas le cas et cela risquait de durer encore un moment.

Ça faisait également dix jours que je vivais avec Lou, dix jours au cours desquelles j'avais appris à la connaître. Nous passions forcément presque tout notre temps ensemble, hormis l'heure quotidienne de sport que s'accordait Lou.

Les choses n'avaient pas vraiment avancé et j'avais l'impression de me retrouver dans une zone amicale dont je n'allais plus bouger. Je ne voulais pas que nous ne soyons qu'amis et, avec tous les films romantiques que nous avions vus, il me vint une petite idée pour que notre relation avance : un deuxième rendez-vous. J'avais fait quelques courses dans la matinée en prenant soin d'acheter tous les ingrédients nécessaires au repas. Dès que Lou fut partie pour son jogging, je me ruai sur le plan de travail et sortis mes achats du frigo. Je mis mon ordinateur pas loin de moi pour suivre pas à pas le tutoriel. Je n'avais jamais été un très grand cuisinier, mais il était temps de se lancer. En entrée, je fis des œufs mimosas avec de la mayonnaise achetée au rayon frais. En plat, je préparai la garniture de saumon fumé pour les tagliatelles et, pour le dessert, j'étais allé à la pâtisserie lui acheter des mignardises. Je regardais l'heure toutes les deux minutes craignant qu'elle ne rentre en avance et que ma surprise soit fichue. J'eus le temps de mettre la table de façon soignée et de bien m'habiller avant qu'elle ne revienne. Je crois que je n'avais été jamais si rapide ! J'envoyai à mes amis mon plan d'attaque et ils me répondirent dans la foulée qu'ils étaient fiers de moi et qu'il fallait que je mette le paquet.

En arrivant, Lou me regarda, puis regarda la table et me demanda tout sourire :

— Qu'est-ce que c'est que tout ça ?

— Je t'aurais bien proposé un second rendez-vous dans un superbe restaurant et avec un programme romantique à la suite, mais, malheureusement, tout est fermé. Donc le restaurant et le programme viennent à toi.

Elle me remercia et me dit qu'il fallait qu'elle se change, car elle ne pouvait pas rester ainsi pour ce rendez-vous. Elle alla dans la salle de bains avec ses affaires sous le bras. J'étais détendu pour ce second rendez-vous, le fait d'avoir vécu déjà beaucoup de moments avec elle m'avait conforté dans l'idée que nous nous entendions bien et qu'il n'y avait pas de raison que ce moment ne se passe pas bien.

Lou ressortit avec une robe simple que lui avait prêtée Sophie. Je fis de mon mieux pour cacher mon admiration pour cette fille. *Nom d'un chien !* Elle était tellement jolie... Elle s'assit à table et je lui présentai les œufs mimosas après avoir mis les pâtes à cuire. Je la regardai découper et manger la première bouchée, attendant son verdict.

— C'est super bon ! En fin de compte, tu te débrouilles en cuisine.

J'étais très fier de mon exploit culinaire et priai pour que mon plat soit aussi bon que l'entrée. Pendant que Lou finissait son entrée, je dressai l'assiette du mieux que je pus. Cela ne ressemblait pas à un dressage tout droit sorti de *Top Chef*, mais cela donnait quand même envie d'être dégusté.

Je présentai le tout à Lou qui ne tarit pas d'éloges sur mon dressage et sur le goût. J'étais très touché et très heureux que tout se passe à merveille. Lou ne devait s'attendre qu'à un repas, mais je voulais faire les choses en grand. Nous parlions de tout et de rien, Lou me racontait l'appel avec son frère et ses sœurs lors de son jogging, sa mère avait du mal à les occuper et elle leur manquait. Je regardai l'heure et vis qu'il était presque vingt heures trente et la priai de s'installer sur le canapé pour la suite du programme. Je mis sur mon ordinateur le site de l'Opéra de Paris et *Le Lac des cygnes* fut prêt à démarrer. Les salles de spectacle étaient fermées, mais bon nombre d'entre elles avaient décidé de mettre en ligne des spectacles d'archives ou récents tous les jours pour que les gens le suivent de chez eux. Tout le monde rivalisait d'ingéniosité pour avoir une vie presque normale et que la culture ait toujours sa place. J'apportai les mignardises et elle me charria :

— Tu me fais vraiment le remake de *Pretty Woman !* Tu sais, quand Richard Gere emmène Julia Roberts à l'opéra… Certes nous n'y sommes pas vraiment et nous ne regardons pas *La Traviata*, mais c'est le plus beau rendez-vous que j'aie pu avoir.

Je ne pus m'empêcher de sourire de toutes mes dents et Lou se colla à moi pour regarder le ballet. Nos jambes étaient entrelacées et sa main droite était près de mon cœur. J'étais sûr qu'elle pouvait l'entendre tambouriner de joie. C'était le moment tant attendu et tant espéré qui se réalisait enfin. Je ne voulais plus la lâcher et je voulais que le ballet dure une éternité.

Je la scrutai du coin de l'œil et la vis regarder le ballet telle une enfant devant le père Noël.

— C'est tellement beau… Les costumes sont somptueux et les danseurs sont tellement gracieux. J'aimerais savoir danser comme eux, s'extasia Lou.

À la fin du ballet, Lou me remercia plusieurs fois de mon initiative, elle ajouta qu'elle aimerait, dans un futur proche, en voir un – mais cette fois en vrai. Mon regard avait alterné entre l'écran de mon ordinateur et Lou, les deux étaient aussi captivants l'un que l'autre. Je voulus l'embrasser, mais je me demandai si c'était le bon moment de le faire et si elle aussi en avait véritablement envie. Me désirait-elle autant que je la désirais ? J'avais vraiment perdu la main, mais Lou prit les devants en m'embrassant, coupant court à mes réflexions. Je ne pensais qu'à une seule chose : Lou. Je me laissai faire et l'embrassai. Depuis le temps que j'en rêvais, j'étais sur mon petit nuage.

Nous nous allongeâmes sur le lit, collés l'un à l'autre tout en continuant de nous embrasser. Cette fille si parfaite m'embrassait. J'étais sûr que Lola, d'où elle était, devait faire une danse de la joie. Dans mon ventre, des dizaines de papillons étaient en train de voler.

Le lendemain, je regardai Lou endormie dans mes bras et me remémorai cette nuit qui avait été la plus belle de ma vie.

Chapitre 8

Benjamin

Notre second rendez-vous avait modifié notre relation. Elle n'était plus seulement amicale, mais amoureuse. Rien ne changeait vraiment à notre relation d'avant, dans la mesure où nous passions déjà tout notre temps ensemble, mais désormais, en regardant un film, nous étions collés, de même quand nous dormions. Je laissai de côté mes peurs sur la relation amoureuse et m'autorisai à vivre. Nous n'abordions pas le futur, cela nous semblait bien loin et incertain de toute façon. Lou m'avait dit le soir du ballet : « *Carpe diem*, nous verrons bien où tout cela nous mène ! » et j'avais décidé de suivre son conseil.

Du balcon, nous échangions avec mes voisins et nous faisions des apéros à distance avec mes amis. Une nouvelle vie avait pris place. Même mon quartier avait changé, de nouvelles activités apparaissaient : un de mes voisins, un mordu de sport, s'était improvisé moniteur et venait faire des cours en bas des immeubles tous les après-midi vers seize heures et Lou faisait donc aussi son sport sur le balcon. De jour en jour, le nombre de participants augmentait sur les extérieurs. Lou voulait que je participe également, mais le premier cours m'avait achevé et j'avais eu tellement de courbatures que j'avais refusé d'y retourner le lendemain. Lou me charria :

— Je suis avec un petit vieux !

Un couple venait aussi chanter tous les matins au pied des immeubles et nous passions un moment à les accompagner. Lou chantait à tue-tête et était triste à chaque fois que l'animation se terminait. Elle adorait chanter, souvent, nous faisions un karaoké sur l'ordinateur pour passer le temps. Lou mettait les incontournables, ainsi, nous chantions du Céline Dion ou du Whitney Houston et je m'amusais avec elle. J'aimais bien la voir chanter sans se prendre au sérieux. Parfois, elle faisait exprès de chanter faux, une brosse à cheveux dans la main, mais, quand elle chantait vraiment, elle avait une très belle voix. Sa bonne humeur était communicative.

Cela faisait maintenant quinze jours que Lou était là avec moi, nous étions le 31 mars et le président devait faire un discours le 13 avril. Il ne me restait peut-être que deux semaines avant que Lou ne retourne chez elle et je voulais en profiter au maximum. Les jeux que j'avais commandés étaient arrivés et nous avions fait une partie de Monopoly qui avait duré une bonne partie de la journée. Finalement, nous avions arrêté pour commencer la visio-conférence avec mes amis et il n'y avait pas de gagnant. Mes amis n'étaient pas au courant des avancées récentes de notre relation et nous allions le leur dire pendant l'apéro, mais ils s'aperçurent rapidement de mon rapprochement avec Lou et, visiblement, ils étaient contents pour moi. Dans le courant de la conversation, Lou leur demanda des anecdotes sur moi. Nico lui raconta que j'avais, pendant une soirée, été *drag queen* et fait une danse de la mort. Je lui lançai un regard noir et lui demandai d'abréger, mais il continua de raconter dans les moindres détails ma danse et mon play-back de *Jolene* de Dolly Parton et Lou était pliée en deux. Je finis par en rire avec eux. Lou me chuchota à l'oreille :

— Je ne pensais pas que tu étais du genre à danser sur une table et chanter en play-back ! C'est possible que tu me refasses ta chorégraphie en *drag queen* ? Ça m'intéresse !

Je n'avais pas vraiment envie de parler de cela : cet épisode avait eu lieu quelques semaines avant le décès de Lola, on fêtait l'obtention de notre quatrième année. Nous avions beaucoup bu et ça m'était monté à la tête. Je m'étais retrouvé en robe à chanter et à me croire dans l'émission *Rupaul Drag Race*. Lola riait aux éclats tout en me suppliant d'arrêter. Nico avait pris des vidéos de mes exploits, cependant, ils étaient classés top secret et jusque-là personne n'avait osé en reparler. D'habitude, repenser à ce jour-là était douloureux, mais, ce 31 mars, j'avais réussi à rire de cet événement. Je n'avais pas parlé de Lola à Lou et je savais qu'il fallait que je le fasse, car elle pourrait m'en vouloir de ne pas l'avoir fait plus tôt. Je ne savais pas comment Lou allait réagir quand je lui avouerais ma face cachée.

Notre visio se prolongea encore un moment, chacun partageant ses états d'âme pendant ce confinement. Sophie semblait la plus affectée. Je lui proposai que l'on se voie le lendemain avec Lou en gardant les gestes barrières. Sophie me sourit et accepta. Elle vivait seule depuis maintenant quelque temps et le confinement lui pesait. J'aurais dû penser plus tôt à prendre de ses nouvelles...

Le lendemain, 1er avril, nous allâmes donc voir Sophie. Normalement, c'était un jour de fête : les enfants jouaient dans les rues et faisaient des blagues à leurs amis en leur collant des poissons dans le dos. Mais, cette année-là, ce n'était pas le cas, tout semblait mort... Nous parlâmes pendant un bout de temps en faisant le tour du quartier. Les rues étaient désertes et nous étions chacun d'un côté du trottoir. Sophie bavardait sans s'arrêter et n'arrêtait pas de sourire. Pendant le confinement, elle n'avait pu parler à personne de visu et voir des personnes et pouvoir discuter – en plus des visio – lui faisait un bien fou. Sophie nous parla de choses badines : des séries, des films et des livres qu'elle avait lus pendant les premières semaines. Nous lui promîmes de nous retrouver quelques jours plus tard en bas de son immeuble pour aller faire un tour dans le quartier et nous raconter nos journées.

Les jours suivants passèrent rapidement, Lou m'avait convaincu d'aller courir avec elle et je peinais à la suivre. Elle courait vite et ne semblait pas ressentir de douleur dans les cuisses et les mollets ni avoir de point de côté. Elle avait dû s'arrêter à plusieurs reprises pour que je la rejoigne. Cela me gênait de la faire attendre, mais elle me répétait qu'elle était contente de le faire avec moi. Nous prîmes donc l'habitude de courir un peu tous les jours et, au fur et à mesure, je me mis à aller plus vite et à avoir moins mal.

Nous avions du temps et nous le passions en partie devant la télévision. Ainsi, nous regardâmes un enregistrement du *Misanthrope* de la Comédie française et Lou s'extasia en me suppliant de l'emmener au théâtre à la fin du confinement. Je m'habituais à cette routine et ne souhaitais qu'une chose, qu'elle continue après la fin du confinement. Je savais que c'était rapide, mais je ne voulais pas qu'elle parte et qu'elle laisse un vide ici. Je m'étais habitué à son rire et à sa présence dans l'appartement. En plus d'avoir conquis mes amis, elle avait conquis mon cœur.

Lou cherchait à savoir de plus en plus de choses sur mon passé depuis l'apéro avec mes amis. J'essayais souvent de couper court à la conversation, voulant éviter cette pente glissante... Mais un jour, en cherchant un livre dans ma bibliothèque pendant que j'étais sous la douche, Lou trouva un album contenant des photos de ma sœur et moi de notre petite enfance à des moments plutôt récents. Lola l'avait fait pour mon vingtième anniversaire, il avait donc une importance bien particulière à mes yeux. En ressortant de la salle de bains, je trouvai Lou sur le lit avec l'album dans les mains. Je compris que nous allions avoir une discussion à propos de mon passé. Je fulminais intérieurement qu'elle ait fouillé dans mes affaires sans mon autorisation. J'étais aussi énervé contre moi de n'avoir pas eu le courage de lui dire plus tôt, mais une boule se formait à chaque fois dans ma gorge, m'empêchant de continuer.

Mon regard alterna entre Lou et l'album à côté d'elle et je voulus lui crier de le lâcher. À la place, finalement, je me dis que cela devait arriver et que c'était bien comme ça. Je n'allais plus pouvoir me taire.

— Pourquoi es-tu si mystérieux sur ton passé ? Tu ne veux jamais me parler de ce que tu as vécu ou de ta famille, alors que, moi, je t'ai tout raconté ! Je me suis confiée à toi, s'exclama Lou.

— Il n'y a rien à dire de spécial, Lou..., la suppliai-je essayant de la convaincre en vain.

Lou me scruta et secoua la tête. Je pensais qu'elle allait lâcher l'affaire, mais elle revint à la charge :

— Rien de spécial ? Alors, explique-moi pourquoi tu ne me racontes pas ton passé ! Pourquoi ne me parles-tu pas de cette fille qui est partout dans l'album photo et même au-dessus de ton lit ! Qui est-ce ? Quelle place a-t-elle dans ta vie ? Parle-moi de ta famille, de ce que tu aimes faire ! J'ai l'impression que tu me caches une partie de ta vie ! Pendant l'apéritif visio, j'ai découvert une nouvelle facette de toi, alors que je vis avec toi depuis presque un mois.

J'encaissai le coup. Ce qu'elle me disait me faisait mal même si je savais que c'était la vérité... Je m'étais déjà amélioré depuis qu'elle vivait avec moi. Avant, je n'aurais pas fait toutes ces activités. Je sentis qu'elle touchait du bout des doigts la vérité. Elle avait fait le rapprochement avec ma famille…

— Lou… Calme-toi, s'il te plaît… Ce n'est pas si simple… balbutiai-je.

— Mais rien n'est simple, Benjamin ! Tu n'es pas le seul à avoir des problèmes, mais il faut en parler à quelqu'un. Je ne suis pas n'importe qui ! Nous vivons ensemble depuis maintenant un petit bout de temps. Tu peux te confier à moi, je l'ai bien fait avec toi. Pour moi non plus ce n'était pas simple ! hurla Lou.

Je cherchai à m'approcher d'elle pour la consoler, mais elle ne me laissa pas faire, disant qu'elle ne voulait qu'une réponse à ces questions… Je ne dis rien et déglutis, essayant de me donner le courage de tout lui dire, mais il n'arriva pas. Lou était en train de faire une attestation pour sortir, mais je la retins, prêt à lui parler. J'avais perdu Lola, mais je ne voulais pas perdre Lou… Je sentis qu'elle prenait ses distances et qu'elle était très en colère. Lola m'aurait dit que j'étais un gros abruti si je ne faisais pas tout pour garder Lou. Je la regardai dans les yeux, cherchant son regard qui fuyait le mien. Je l'implorai et elle finit par me regarder.

— Ma sœur… Lola… a été victime d'un accident en juin dernier à une fête à Lille avec ses amis. Son petit ami devait la ramener en voiture, il avait trop bu. Elle a été dans le coma pendant quelques jours et j'allais la voir tous les jours et je lui ai parlé des heures durant. Elle est décédée quelques jours plus tard. Son petit ami a survécu. Je sais que c'est bête, mais je lui en veux de s'en être sorti sans rien. J'étais tellement proche de Lola, nous étions très fusionnels : enfants, nous jouions tout le temps ensemble, puis, à l'adolescence, elle est devenue ma confidente – j'étais également le sien. Nous étions là pour nous soutenir dans les bons et mauvais moments. Quand elle est morte, une partie de moi s'est éteinte, la partie fêtarde dont t'a parlé Nico... Je me sens coupable de ne pas avoir été là pour la ramener à la maison. J'aurais dû être là pour elle... Mais j'étais à Paris pour un stage professionnel. Je m'en veux encore d'y être allé et de ne pas être resté à Lille avec elle. Si j'avais su...

Je ne finis pas ma phrase tellement j'avais mal. Je regardai Lou, elle me fixa tristement. Elle m'enlaça et je pleurai sur son épaule. Je lui expliquai la relation fusionnelle que j'avais avec elle et Lou regarda la photo de Disneyland. Elle s'excusa plusieurs fois d'avoir crié, mais, sans ça, je n'aurais probablement pas expliqué la situation et mon manque d'envie de m'amuser avant que je ne la rencontre. Une partie de moi était partie avec Lola et Lou était celle qui était en train de me redonner cette partie de moi que je pensais ne plus mériter.

Chapitre 9

Benjamin

La discussion sur ma sœur avait engrangé un déclic en moi. Lou m'avait répété à plusieurs reprises qu'il ne fallait pas que je laisse ma vie de côté, car Lola n'aurait jamais voulu ça. Lou m'obligea à faire une liste des cinquante choses que je voulais faire dans ma vie. J'avais mis en numéro un : finir ma vie avec la femme de mes rêves – j'espérais que Lou voit le message subliminal – après, j'avais mis d'autres choses comme faire le tour du monde, c'était un de nos projets communs avec Lola. Nous voulions vivre chez l'habitant et faire une sorte de *road trip*. J'avais toujours ce projet dans un coin de ma tête et je le ferais peut-être avec Lou. Je rêvais également de vivre de ma passion et d'être reconnu pour mon travail par le monde du théâtre… Je croisais les doigts pour que notre troupe perce un jour au festival d'Avignon, c'était un projet très important pour nous tous.

Lou et moi faisions davantage de karaoké et de soirées cinéma où nous nous enfilions deux films d'affilée. Lou avait acheté des pop-corns en faisant les courses et le paquet diminuait à vue d'œil.

Notre relation était toujours aussi fusionnelle et j'avais cette impression de tout savoir sur elle et d'aimer tout ce que je voyais. J'étais devenu accro à cette fille et même si je ne lui avais pas dit « je t'aime », je savais au fond de moi que c'était le cas.

Le président de la République devait parler deux jours plus tard et tout le monde espérait un déconfinement. Lou et moi étions d'avis qu'il était encore trop tôt pour l'envisager, mais nous serions devant la télévision le 13 avril à vingt heures.

Ce jour-là, Lou et moi étions enlacés devant un film, quand son téléphone sonna. Elle n'avait pas beaucoup d'appels – la majorité était de sa mère, aussi, elle décrocha sans regarder. Sa mère ne l'appelait pas tous les jours et, quand elle le faisait, c'était pour des raisons bien précises. Lou me fit signe de continuer le film sans elle, mais je décidai de le mettre sur pause. Elle ne parla pas, écoutant ce que sa mère lui disait, la tête dépitée. J'essayais de comprendre pourquoi elle faisait cette tête, mais je n'entendis pas la conversation. Lorsqu'elle revint s'asseoir sur le lit, elle me regarda dans les yeux, elle avait l'air contrariée :

— J'en ai ras le bol de ce coronavirus ! Ma mère a les symptômes du virus et est une personne à risque... Elle avait appelé le médecin qui lui avait dit de passer un test et elle a été déclarée positive... Je vais devoir m'occuper de mon frère et de mes sœurs à Rouen parce qu'ils ne peuvent pas se garder seuls. Je vais devoir m'occuper d'eux, de leurs devoirs, préparer les repas pour éviter les contaminations et tout désinfecter. Ça promet quelque chose de palpitant ! pesta Lou.

Je déglutis, encaissant le coup de cette annonce.

— Il faut que tu ailles t'occuper d'eux. On va se débrouiller pour que tu puisses partir. De toute façon, tu ne peux pas récupérer ta voiture avant la fin du confinement et s'occuper d'une personne fragile fait partie des autorisations de sortie. On va regarder les trains des jours prochains pour Rouen, lui dis-je en faisant un faible sourire.

Sa mère avait besoin d'elle, surtout si elle était à risque, elle n'était pas en état de s'occuper de ses enfants. Lou me dit qu'elle avait eu des antécédents médicaux, car elle était diabétique. Il fallait donc qu'elle soit près d'elle pour veiller sur son frère et ses sœurs. Le médecin lui avait conseillé la quarantaine à la maison, sans sortie, sans contact avec les enfants. Sa sœur de douze ans s'occupait des deux autres comme elle pouvait le temps que Lou rentre et la voisine faisait leurs courses pour faciliter la tâche et leur rapportait à manger.

C'était égoïste, mais je ne voulais pas que Lou quitte mon appartement ni qu'elle rentre. Je m'étais habitué à elle et je sentais qu'elle aussi… Nous avions créé notre relation dans un contexte particulier et j'avais peur que notre relation s'effrite avec la distance… Je ne savais même pas quand je pourrais la revoir et je ne savais pas si je serais capable de ne plus l'avoir tout le temps à mes côtés. J'allais devenir fou si le confinement continuait et si je restais seul.

Je profitai encore plus du temps passé avec Lou, mémorisant son visage et ses mimiques et fis plus de photos avec elle – la galerie de mon téléphone n'était désormais plus composée que de portraits de Lou et de moi. Sur ceux-ci, on pouvait voir le regard que je lui jetais. J'étais fou d'elle. Pendant ce temps, Lou fixait toujours l'objectif tout sourire. Elle était beaucoup plus photogénique que moi. Peu importe quand je prenais la photo, elle était toujours belle dessus.

Sa mère lui avait dit qu'elle avait demandé à son médecin un document que Lou pourrait joindre à son attestation de sortie et qu'elle le lui enverrait par mail aussi vite que possible. Lou devait prendre le premier train pour Rouen et il s'avérait que le prochain était le lendemain à dix heures. J'allais de nouveau me retrouver seul dans mes vingt mètres carrés. J'aurais envie de l'appeler tous les jours pendant des heures, mais Lou aurait sûrement moins de temps à me consacrer… Nous reçûmes dans l'heure qui suivit le certificat et le billet fut pris. Je venais de comprendre d'un coup que le lendemain à la même heure, Lou serait à Rouen.

Nous avions besoin de masques pour le voyage de Lou et je n'en avais pas. Je fis le tour des pharmacies du quartier espérant qu'une d'entre elles aurait un paquet. Il y avait une pénurie depuis le début de la crise sanitaire, même les soignants n'en disposaient pas comme ils le devraient, ils n'en recevaient qu'au compte-gouttes. Comme je m'y attendais, cela fut compliqué et je trouvai dans une épicerie de la rue une annonce indiquant qu'une dame vendait les masques qu'elle cousait. Je me doutais que je ne trouverais rien de mieux et je la contactai donc pour lui en acheter deux. Comme elle habitait le quartier, elle me rejoignit dans la rue pour me les donner. C'était aberrant que, dans la situation actuelle, nous ne puissions pas nous protéger ! Dans les rues, je ne vis presque personne avec un masque et cela ne m'étonnait pas, vu le temps que j'avais mis à en trouver.

Le soir, nous regardâmes une représentation de *Roméo et Juliette* de la Comédie française. Je voulais parler à Lou et lui demander ce qu'il allait advenir de nous avec cette distance qui allait nous séparer. Pour moi, c'était impossible qu'elle parte sans que nous ayons eu cette discussion. Lou était captivée par la pièce et je décidai d'attendre sa fin, même si cela me rendait nerveux. Je la regardai sur le côté. Ses cheveux châtains bouclés encadraient magnifiquement son visage. Ses yeux verts pétillaient à chaque fois qu'elle observait quelque chose qu'elle aimait. Des taches de rousseur parsemaient le haut de ses joues ainsi que son nez en trompette. Je voulais l'embrasser toute la soirée pour me souvenir de la sensation de ses lèvres contre les miennes et de ce que ses baisers me procuraient dans mon ventre. C'était une sorte de feu d'artifice sans fin.

— Que va devenir notre relation avec ton départ ? Tu imagines un avenir avec moi ? lui demandai-je à la fin de la représentation.

J'espérais qu'elle dirait oui… J'étais plein d'optimisme et j'envisageais un futur avec elle. Elle me regarda et me répondit tout de suite comme si c'était une évidence :

— Elle va rester la même. On se reverra à la fin du confinement ! Tu me connais, Benjamin, j'ai comme devise *carpe diem*. Laissons l'avenir nous guider, mais ne t'inquiète pas, je peux imaginer un avenir avec toi. Je suis tellement bien ici que je serais folle de ne pas vouloir davantage. Mais ne précipitons pas les choses…

Elle pensait donc à un futur avec moi. Un sourire se forma sur mon visage. C'était tout ce que j'avais besoin d'entendre pour être soulagé. J'étais au paradis. Elle me pressa la main et cela suffit à m'enlever toutes les questions que j'avais. Je me rapprochai de Lou et l'enlaçai.

Le lendemain, je voulus accompagner Lou à la gare. Je ne souhaitais pas que notre au revoir se fasse à la porte de mon appartement. J'avais alors décidé de tenter le tout pour le tout et de partir avec elle à la gare. Le voyage jusqu'à Saint-Lazare ne se fit pas sans encombre. Nous nous fîmes contrôler une première fois par un gendarme avant d'arriver au bus. Il regarda dans un premier temps le justificatif de Lou et hocha la tête et il me demanda ensuite le mien. J'avais mis que je faisais ma balade d'une heure. Il le parcourut attentivement et j'eus peur qu'il me demande de rentrer à l'appartement sur-le-champ. Mais il nous souhaita une bonne journée. Je me doutais qu'il n'avait pas cru à mon motif, pourtant, il ne m'avait pas verbalisé et ne m'avait pas empêché d'accompagner Lou.

Devant la gare, il n'y avait que quelques personnes qui faisaient la queue pour rentrer, à un mètre de distance les uns des autres comme on le demandait continuellement. Ce virus avait engendré de la méfiance, tout le monde toisait l'autre comme un potentiel danger. Les gendarmes regardaient les justificatifs. La situation était assez anxiogène. J'avais encore un peu de temps avant qu'elle ne rentre. Je savais que je ne pourrais pas l'accompagner sur le quai ni voir le train partir, alors je lui pressai la main doucement. Je ne pouvais pas l'embrasser, sa main dans la mienne était la seule chose que je pouvais faire pour lui montrer mon affection et à quel point je voulais qu'elle reste avec moi. Nous nous étions mis à l'écart de la queue pour que je ne me fasse pas contrôler de nouveau par un gendarme.

Nous n'avions plus de temps devant nous et il était temps de se dire au revoir après vingt-six jours de vie commune. Il était difficile de la laisser partir et une boule se forma dans ma gorge. J'avais une envie de pleurer phénoménale, mais Lou me susurra :

— On se reverra très rapidement, Benjamin, ne t'inquiète pas. Ce n'est qu'un au revoir. Tu ne croyais pas être si vite débarrassé de moi quand même !

Puis elle me regarda dans les yeux et me dit qu'elle m'appellerait dès son arrivée et elle franchit les quelques pas qui la séparaient de la queue devant la gare après avoir jeté un dernier regard derrière elle.

Lorsque vint le tour de Lou, elle montra son justificatif que le gendarme regarda attentivement. Et il l'autorisa à passer, me laissant seul à Paris. Je la regardai partir de loin et la vis se retourner une dernière fois, me faisant un signe de la main, puis elle disparut. J'avais envie de craquer et de me mettre à pleurer comme un bébé. Elle était partie. C'était elle qui me donnait envie de me lever le matin et qui me faisait sourire. Sans elle, comment allais-je survivre seul à un confinement ?

Je pris le bus 27. Je sentis un vide énorme, car elle n'était plus là à me parler ou à rire de mes mauvaises blagues. Tout le trajet, je cherchai à me remémorer les moments passés ensemble : notre premier rendez-vous avec notre danse au Caveau de La Huchette, notre première dispute, notre premier baiser, notre première fois et notre au revoir.

En arrivant à l'appartement, je demandai à mes amis s'ils étaient disponibles pour un appel visio et ils répondirent tous présents. Alors, je leur expliquai la situation, la gorge nouée, et ils me réconfortèrent en disant que nous allions bientôt nous revoir. Après tout, le confinement n'allait pas durer pendant encore des mois… Ce n'était qu'une affaire de semaines et je pourrais aller la rejoindre. Ils essayèrent de me changer les idées en me racontant leur confinement, affirmant qu'ils s'ennuyaient à mourir. Ils programmèrent notre première soirée d'après – dans un temps indéterminé –, s'imaginant déjà boire une bière en terrasse et cela me mit du baume au cœur.

Cet appel me fit du bien et je reçus un message de Lou disant qu'elle était bien arrivée chez elle et qu'elle me rappellerait dans la soirée. Ça me faisait bizarre d'être seul à nouveau et je choisis de travailler pour combler le vide. Cela faisait un bout de temps maintenant que je n'avais pas ouvert mon fichier sur la mise en scène. Je continuais à trouver quelques références dans les spectacles sortis en début de saison théâtrale et mon dossier de mise en scène grossissait à vue d'œil. J'aimais bien me remettre au travail, dans un certain sens, ça m'avait manqué de ne plus me creuser les méninges. Mais mes pensées déviaient souvent vers Lou. J'envoyai le fichier à mes amis après avoir travaillé une bonne partie de l'après-midi. J'attendis leurs réactions qui se firent désirer, alors je mis un film pour patienter jusqu'à l'appel de Lou – qui m'avait prévenu qu'il allait être plutôt tard.

Chapitre 10

Lou

Quand je montai dans ma voiture, je remarquai que j'étais la première arrivée. Je m'installai à mon siège et mis mes écouteurs. Lorsque le train démarra, je regardai – par simple curiosité – si d'autres passagers étaient arrivés. Mais je constatai, surprise, que j'étais l'unique passagère de la voiture. Cela n'arrivait pas souvent et l'ambiance était morbide. Je remis les écouteurs et me mis à penser à Benjamin. Je me souvins du premier jour où nous avions échangé des banalités. Je n'aurais jamais pensé trouver l'amour sur ce site de rencontres, pourtant, c'était le cas. Il m'avait fait découvrir son univers – la culture – que je ne connaissais pas et que désormais j'adorais. Je me rappelais notre première dispute qui avait dégénéré.

J'avais claqué la porte, énervée par ma mère, et je voulais tout casser. J'avais fait une fugue comme une adolescente et avais marché pendant un moment avant de me rendre compte que je n'avais plus de batterie sur mon téléphone et que je ne savais plus comment faire pour retourner à l'appartement de Benjamin. Que j'avais pu être bête ce jour-là ! J'avais eu de la chance de reconnaître l'endroit où habitait Sophie pendant que je déambulais dans les rues, elle m'avait accueillie et avait ensuite prévenu Benjamin. Il m'avait charmé dès le premier rendez-vous, il était attentionné et j'aimais passer mes journées avec lui à regarder des films et des séries, collés l'un à l'autre. Il était si beau. Même si son style vestimentaire était différent de sa photo de profil sur le site, je le trouvais craquant en chemise. J'aimais passer mes mains dans ses cheveux bruns et bouclés, me perdre dans ses yeux chocolat et la chose que j'aimais le plus était de savoir que c'était moi qui le faisais sourire. Il avait un sourire éclatant et une petite fossette se creusait à chaque fois sur sa joue. J'étais folle de lui.

J'avais appris à le connaître et il m'avait fait découvrir son univers qui, je l'espérais, pourrait devenir le mien. Si j'avais un regret, ça serait de ne pas avoir pu rester plus longtemps. Tout s'était passé très vite et je ne pensais pas partir de son appartement ainsi. C'était bête comme ce confinement avait changé ma vie. Sans lui, j'aurais récupéré ma voiture le lendemain matin après avoir payé l'amende de la fourrière et je serais rentrée à Rouen. Peut-être que cette relation n'aurait jamais vraiment débuté ni abouti à cause de la distance. Alors qu'à cause et grâce au confinement, nous n'avions pas eu d'autre choix que de vivre ensemble et cela nous avait permis de créer un lien fort. Il était encore trop tôt pour faire des plans à long terme, néanmoins, j'avais envie de continuer cette relation. Nous verrions bien où cela nous mènerait.

Peu avant Rouen, je lui envoyai un message vocal, il devait être de retour chez lui et j'espérais qu'il n'avait pas été contrôlé. Je lui racontai l'ambiance dans le train et le remerciai pour ce mois passé ensemble. Je lui promis que nous nous reverrions le plus rapidement possible et pourquoi pas à Rouen, pour qu'il puisse voir à son tour la ville de mon enfance. Je savais qu'au vu de la situation actuelle, il allait être complexe qu'il vienne me retrouver à Rouen et qu'il puisse prendre un train, mais j'espérais quand même un miracle pour qu'il vienne ici.

Lorsque j'arrivai à la gare de Rouen, les rues étaient désertes. Je n'avais pas anticipé pour réserver un taxi – comme à mon habitude –, pensant qu'il allait y en avoir devant la gare, mais ce n'était pas le cas. Je marchai pendant une petite dizaine de minutes avant de tomber sur l'arrêt de bus et j'attendis. En chemin, j'avais croisé quelques joggeurs ou promeneurs, mais il y en avait beaucoup moins que lorsque je faisais mon tour à Paris. J'envoyai un message à Benjamin dès mon arrivée dans l'immeuble, car je savais qu'une fois que je serais rentrée dans l'appartement, mon frère et mes sœurs ne m'en laisseraient plus l'occasion, je lui dis que j'étais bien arrivée et que je l'appellerais dans la soirée. C'était fou comme je m'étais attachée rapidement à lui. Moi qui craignais de m'attacher à un homme et d'aimer aveuglément, voilà que je l'avais rencontré et j'étais bien avec lui. Dès que le confinement serait fini, j'irais le retrouver : c'était une évidence.

Mon frère et mes sœurs me sautèrent dans les bras dès que je passai le pas de la porte et j'étais heureuse de les retrouver. Je n'étais jamais partie aussi longtemps du cocon familial et ils m'avaient manqué. Après avoir rapidement répondu à leurs questions, je leur dis d'aller dans le salon pendant que j'allais voir ma mère. Celle-ci était dans sa chambre et faisait très attention pour éviter les contacts avec les enfants. Je mis donc un masque et restai dans l'entrebâillement de la porte. Elle était dans son lit et se redressa en me voyant. Je lui souris et lui demandai si elle allait bien. Elle me parla pendant un moment. La solitude lui pesait. Elle avait en permanence mal à la tête, des courbatures qui lui faisaient pousser des jurons à tout bout de champ et elle avait perdu le goût et l'odorat... Bref, elle avait les symptômes dont on nous parlait continuellement à la télévision. Je l'écoutai me raconter ces quelques semaines, puis elle me demanda de lui parler de Benjamin. Je lui racontai notre relation et lui dis qu'il était charmant.

— Je me demande comment tu as fait pour qu'il tombe amoureux de toi.

J'encaissai le coup même si cela me faisait mal. Elle ne se rendait pas compte de la peine qu'elle occasionnait.

— Je vais aller m'occuper des enfants. Je reviens te voir tout à l'heure.

Elle hocha la tête et je pus voir qu'elle souriait. J'allai dans le salon où je vis mon frère et mes sœurs assis dans le canapé à regarder la télévision. Je m'occupai du repas et leur fis des pâtes au jambon. Il était déjà treize heures et je voulais qu'ils retrouvent un rythme de vie normal. Ils me posèrent un tas de questions sur la vie parisienne et Benjamin. Ils étaient curieux et voulaient aller à Paris avec moi la prochaine fois. Ils n'avaient plus beaucoup de souvenirs de notre visite à la capitale. Cela faisait trois ans que nous y étions allés et la plus jeune avait cinq ans. Nous nous mîmes à table – après avoir apporté à manger à ma mère sur un plateau préalablement désinfecté que je déposai devant sa porte – et ils me racontèrent leur vie pendant que j'étais partie. J'étais heureuse de les retrouver, l'heure tournait, je ne voulais pas les faire travailler trop tard, je mis un terme à la discussion pour que nous commencions leurs devoirs... Cela faisait trop longtemps qu'ils les avaient négligés.

Ils se dirigèrent vers la table de la cuisine et allumèrent l'ordinateur. Ils se connectèrent chacun à leur tour à leur profil pédagogique. Nous n'avions qu'un ordinateur pour toute la famille, ce qui n'était pas pratique dans le contexte actuel. Puis ils me montrèrent l'étendue des devoirs qui s'étaient accumulés. Il y avait du boulot et mon frère et mes sœurs étaient difficiles à canaliser. La plus jeune, Noémie, fit un caprice et refusa catégoriquement de travailler. Après avoir élevé la voix et lui avoir dit qu'elle serait privée de télévision jusqu'à nouvel ordre si elle ne travaillait pas, elle se résigna en rechignant à mettre le nez dans ses cahiers de cours. Ensuite, il fallut passer à Mallory, dix ans, mais qui selon moi avait déjà mis un pied dans l'adolescence. Il refusait toujours tout et avait un vocabulaire riche lorsqu'il s'agissait des grossièretés. Il devait faire une fiche de lecture d'un livre et, quand je lui demandai s'il avait lu le livre, il me répondit d'un ton désinvolte :

— Non ! Ce livre est nul ! Je ne le lirai pas de toute façon, je m'en fous !

Je posai le livre devant lui et le forçai à le lire, lui disant que je devais m'occuper en priorité de Noémie qui rencontrait des difficultés d'apprentissage et qu'il pouvait très bien lire seul. Il chuchota :

— Tu peux rêver pour que je lise !

Je ne rétorquai pas, sachant pertinemment qu'il attendait que je réponde et me dirigeai vers Nina, la plus âgée qui était quant à elle studieuse et plus ou moins autonome. Elle avait fait quelques-uns de ses devoirs, mais rien en physique-chimie, parce qu'elle ne comprenait pas. Je lus la leçon sur la séparation des constituants d'un liquide, le cours était plutôt simple lorsqu'on avait bien compris les termes. Je lui expliquai ce qu'était un mélange hétérogène et homogène, quand Mallory jeta son livre sur la table en lâchant :

— Je l'ai fini ! T'es contente ?

Je le défiai du regard, sachant pertinemment qu'il ne l'avait pas lu. Je continuai jusqu'à dix-sept heures à jongler entre les trois niveaux et à batailler avec eux. Je regrettais ma petite routine tranquille avec Benjamin. Que faisait-il en ce moment ? J'étais sûre qu'il s'en sortirait mieux que moi pour faire l'école à la maison !

Ma journée n'était pas finie et je regardai ce qu'il restait dans le frigo. Celui-ci était presque vide et je dus aller faire les courses, après avoir demandé à ma mère si elle avait besoin de quelque chose. Je pris mes écouteurs et en profitai pour appeler Benjamin. Celui-ci me répondit dans l'instant et me demanda comment tout se déroulait. Je lui expliquai la galère des devoirs qui allait m'attendre tous les jours et lui dis que je regrettais son appartement.

— Tu me manques aussi, ma Lou... Je m'ennuie sans toi et nos soirées cinéma, nos karaokés ou jeux de société vont me manquer, me dit-il et cela me fit sourire.

L'amour faisait pousser des ailes et j'étais devenue folle d'amour pour Benjamin – même si cela pouvait paraître niais.

J'achetai l'essentiel pour tenir quatre jours et retournai à l'appartement. Les enfants étaient devant la télé et je m'affairai à la cuisine. J'incitai Noémie à aller se doucher, pendant que je faisais la cuisine. Je fis une soupe et une omelette accompagnée de salade. J'envoyai une photo de mon repas du soir à Benjamin qui me répondit par une photo d'œuf à la coque et cela me fit rire. Benjamin avait beaucoup de qualités, mais pas celle de cuisinier.

Je dis aux enfants qu'on allait bientôt passer à table et pris soin de désinfecter à nouveau le plateau-repas que j'allais servir à ma mère et de mettre mon masque.

Je le lui apportai en lui souhaitant un bon appétit et je m'éclipsai pour rejoindre les enfants. Je leur servis le repas et aucun ne broncha. Ils me demandèrent quand tout cela serait fini et quand ils pourraient sortir revoir leurs amis, malheureusement, je n'avais pas la réponse. Je savais que le confinement devait leur peser et je leur proposai une petite marche digestive dans le quartier. Je prévins maman, dans l'embrasure de la porte, que nous partions faire un tour et elle hocha la tête.

J'écrivis nos attestations de sortie et nous partîmes faire le tour du quartier. À cette heure-là, nous ne croisâmes personne dans les rues et les enfants se défoulèrent un peu. Je dus les rappeler à l'ordre plusieurs fois pour des mesures de sécurité. Puis, quand l'heure fut presque finie, nous reprîmes le chemin de l'appartement.

En arrivant, ma mère m'appela, me disant qu'elle voulait aller se doucher et je me dépêchai de prendre les produits et de désinfecter les poignées de porte et tous les autres endroits que mon frère et mes sœurs avaient pu toucher. C'était fatigant, d'autant plus que je devrais repasser après pour que les enfants puissent utiliser la salle de bains avant de se coucher. Il était important que je désinfecte constamment tout ce que ma mère avait été susceptible de toucher pour ne pas nous contaminer. Je devais également faire en sorte de nettoyer tout ce que je donnais à ma mère pour ne pas lui donner de bactéries supplémentaires. Ma mère me lâcha un pâle remerciement, puis partit se doucher. Je mis la télévision aux enfants pendant que je lavais la vaisselle. J'allai chercher le plateau-repas de ma mère et entrepris de tout désinfecter. Quand je pensais que les aides-soignantes devaient faire ça pour des dizaines de personnes, je ne pouvais que les admirer. Et lorsque ma mère retourna dans sa chambre, je dus me dépêcher de désinfecter, car Noémie voulait utiliser la salle de bains.

Il était vingt-deux heures et j'étais crevée par les tâches de la journée. Je voulais un peu de temps pour moi et il était temps que les enfants aillent se coucher. Comme à son habitude, Mallory chipota :

— Maman nous laissait aller au lit plus tard. On ne va pas encore se coucher.

— C'est moi l'adulte ici, Mallory, alors tu obéis.

Mon frère rechigna, accompagné par mes sœurs, et ils partirent en traînant les pieds dans leur chambre. Mallory se retourna pour me dire que j'étais une chieuse de première et je le punis sur-le-champ de jeux vidéo. En voyant sa tête déconfite, j'eus un petit pincement au cœur, mais il alla se coucher sans renâcler. J'étais enfin seule dans le salon et j'en profitai pour appeler Benjamin en visio.

—J'en ai marre de ces petits morveux ! Ils me fatiguent déjà et, demain, ça sera reparti de plus belle. Ils profitent de la situation, c'est normal, pour eux, ça a le goût de vacances avant l'heure. Non, je plaisante. C'est sûr, ils prennent toute mon énergie, mais je les aime énormément, ils m'avaient manqué.

—Je m'ennuie tout seul… Je suis allé faire un tour dans le quartier pendant une petite heure… Mais l'appartement est vide sans toi.

Nous parlâmes encore un moment de tout et de rien. Benjamin n'était pas le genre de garçons avec qui je sortais habituellement, je finissais toujours avec les moins fréquentables. Il était beau dans le style petit intellectuel et très intelligent. J'aimais être avec lui et échanger me faisait du bien. Malheureusement, la discussion fut écourtée, car Noémie fit irruption : elle n'arrivait pas à dormir.

Quand tout le monde fut enfin couché, je me jetai sur mon lit et m'endormis directement…

Chapitre 11

Benjamin

Ce 13 avril, jour de l'allocution du président, Lou et moi, nous avions projeté de regarder en même temps un film avec notre téléphone à la main pour pouvoir échanger dessus comme si nous étions l'un à côté de l'autre et elle m'avait répondu qu'après vingt-deux heures ça serait possible. Cela nous permettrait de faire un point sur le discours du président.

À vingt heures, j'étais devant ma télé, espérant une annonce de déconfinement prochain me permettant de partir pour Rouen. Mais le président dit que le confinement durerait jusqu'au 11 mai et qu'un processus de déconfinement progressif aurait lieu après. La sentence venait de tomber et je devrais attendre au moins un mois pour revoir Lou. Comment pourrais-je patienter aussi longtemps ? Il fallait que nous mettions au point un plan pour nous retrouver plus tôt, quitte à devoir payer une amende. Le jeu en valait bien la chandelle. Je me sentais horriblement seul dans mon appartement. Quand je pensais à mon amie Sophie qui vivait ça depuis le début du confinement, je ne pouvais que l'admirer. Je ne pouvais pas rester sans Lou. C'était comme une drogue, je devais la voir, l'embrasser et pouvoir la toucher.

Lou m'appela comme prévu peu après vingt-deux heures. Avant de lancer le film, nous parlâmes des annonces. Je lui demandai s'il y avait une possibilité de logement pour moi dans l'appartement familial et elle me dit qu'elle avait une chambre à elle seule et que je pourrais dormir avec elle.

— Il me faut quelques jours pour trouver mon plan de sortie pour Rouen et, après, nous pourrons être ensemble. Je ne veux pas attendre un mois avant de te revoir, lui avouai-je.

Lou et moi cherchâmes des prétextes, mais tous paraissaient aussi bidon les uns que les autres. Nous décidâmes de réfléchir chacun de notre côté. Puis, Lou me demanda comment s'était passée ma journée, je lui répondis :

— D'un ennui mortel. Sans toi, l'appartement est vide.

Je lui demandai ensuite comment s'était passée la sienne et elle me dit tout ce qu'elle avait fait. Sa journée était chargée et je compris pourquoi elle était aussi fatiguée.

— J'ai besoin d'être seule parfois dans la journée, de pouvoir penser à toi et à mon envie d'être avec toi… Je rêve de prendre mes baskets et de partir faire le tour du quartier, mais je n'ai pas une minute à moi. C'est éreintant de jouer les mamans poules !

Après avoir encore parlé un moment de nos journées, je lui donnai mes coordonnées *Netflix* pour qu'elle puisse se connecter à mon compte. Nous mîmes un film romantique et humoristique : *The Wrong Missy* sur nos ordinateurs respectifs. Nous avions laissé le téléphone allumé en haut-parleur pour que chacun puisse suivre le film en entendant les réactions de l'autre. La technologie faisait vraiment des choses extraordinaires et c'était presque comme si Lou était avec moi dans mon lit. Les premières minutes du film commençaient sur un rendez-vous qui démarrait mal et le pauvre personnage principal se retrouvait face à une fille folle à lier – mais tellement hilarante.

— Cela me rappelle notre premier rendez-vous… J'étais un peu stressée… J'avais peur que tu sois un fou, un vieux ou un pervers ! On ne sait pas qui est véritablement la personne sur un site de rencontres… J'avais fait toutes sortes de théories et, finalement, la réalité a surpassé mes attentes, avoua Lou.

— Moi non plus je ne m'attendais pas à ça en acceptant cette rencontre et j'avoue que j'étais mort de peur avant que tu n'arrives. Je suis plus heureux que jamais ! Comme le dit si bien Jack dans *Titanic :* « Je suis le roi du monde ! »

Nous regardâmes le reste du film en riant et j'aurais voulu que le film ne se termine jamais. À la fin, je proposai à Lou d'en regarder un deuxième avec moi, mais elle refusa en bâillant, car, le lendemain, elle devait se lever tôt pour s'occuper de sa mère et des enfants. Je lui dis que ce n'était pas grave et qu'on pouvait se refaire une soirée comme ça le lendemain.

Les jours qui suivirent, je décidai d'élaborer un emploi du temps bien rempli pour éviter de trop souffrir de l'absence de Lou. Je donnais des cours particuliers de théâtre en visio, c'était plutôt bizarre au début, mais, finalement, ça marchait plutôt bien. Je me faisais un peu d'argent et ça permettait de me faire passer le temps. Certains après-midi – quand je n'étais pas occupé à travailler ou à lire, j'organisais une rencontre avec Sophie pour qu'on parle un petit peu. Elle en avait marre de ce confinement et commençait à ne plus supporter d'être seule… Nous parlâmes de films, de musiques que nous avions pu voir pendant le confinement et cela faisait du bien… Nous parlâmes de Lou et de mon manque.

— Tu t'es vraiment entichée d'elle, n'est-ce pas ?

Je hochai la tête en avouant :

— C'est impressionnant la vitesse à laquelle on peut s'attacher à une personne… Il y a un peu plus d'un mois, je ne l'avais jamais vue et, maintenant, je ne m'imagine pas passer ma vie sans elle… À chaque fois que je pense à elle, je souris comme un idiot.

Sophie m'écouta pendant ma déclaration et sourit.

— J'espère qu'un jour, un garçon parlera de moi comme tu le fais… avec des étoiles plein les yeux. Elle a réussi à te faire regarder vers le futur, et non plus vers le passé… C'est une fille bien.

— Tout arrive quand on sait attendre. Tu trouveras la bonne personne et tu n'as qu'à tenter ce site de rencontres ! Ça a bien marché pour moi, pourquoi pas pour toi ?

Sophie rit à ma remarque et dit qu'elle allait tenter. Le confinement l'avait fait beaucoup réfléchir et elle ne voulait plus être seule.

Tout n'était qu'ennui sans Lou et je ne savais pas quand je pourrais la revoir. La situation commençait à durer et les jours se ressemblaient tous. Nous nous appelions peu et pendant une courte durée, car sa famille avait besoin de son aide. J'espérais que ce ne serait que pour le début et qu'après elle aurait plus de disponibilités. C'était la première fois que j'établissais une relation à distance et cela m'angoissait. Je ne faisais pas grand-chose à part travailler, lire et regarder des films. C'était devenu ma petite routine qui était ennuyeuse quand j'en arrivais au deuxième film dans la journée. J'avais besoin de parler et d'extérioriser, alors j'avais demandé à mes amis de faire des apéritifs avec eux tous les quatre jours pour passer le temps et ils avaient accepté. Pendant une de nos conversations, Lou m'avait conseillé de rappeler mes parents, car j'avais autant besoin d'eux qu'eux de moi; ils n'avaient plus que moi et ils étaient importants que nous soyons soudés dans notre situation. C'était vrai que je les négligeais parfois. Je les appelais rarement, trop rarement sûrement. Lou m'avait dit d'un ton plein de sous-entendus: « Il faudra bien que tu me les présentes un jour. » Je les appelai donc et ils me répondirent directement. Ils avaient pour l'instant échappé au coronavirus et c'était bien ainsi. Ils respectaient aussi scrupuleusement les règles du confinement, réduisant leurs sorties au strict minimum. Nous eûmes un long échange pendant lequel nous parlâmes de Lola; chacun extériorisa ses peines et ses tristesses – en larmes – et cela nous fit du bien à tous les trois. Ma mère philosopha:

— Quand on s'accroche trop au passé, on se condamne à ne pas avoir d'avenir, Benjamin. Lola n'aurait jamais voulu que tu n'ailles pas de l'avant. Ce n'est pas parce que tu avances dans ta vie que ça veut dire que tu l'oublies et, ça, tout le monde le sait, Benjamin. Tu fais juste ce que ta sœur aurait souhaité pour toi.

Quasiment naturellement, j'abordai ma vie avec Lou en leur expliquant comment je l'avais rencontrée, comment elle était et que j'étais très heureux avec elle. Mes parents s'extasièrent quand je leur dis que je pensais avoir trouvé la bonne et ils me prièrent de la leur présenter quand cela serait possible. Lou avait eu raison en me disant de les appeler. Je m'étais trop éloigné d'eux depuis la mort de Lola, repensant à elle à chaque fois que je leur parlais et retournais à Lille, mais il fallait que j'aille de l'avant. Lou était mon futur et j'y croyais dur comme fer. Avant de raccrocher, je promis à mes parents de rappeler très rapidement. Je racontai à Lou la conversation que j'avais eue avec eux. Cette discussion avait été bénéfique pour nous tous.

Nous étions le 22 avril, soit presque deux semaines après le départ de Lou et je ne pouvais déjà plus supporter son absence. Je tentai le tout pour le tout et pris un billet de train pour Rouen. Lou et moi avions tout prévu. Lou avait fait un papier disant qu'elle avait des symptômes du coronavirus et qu'elle ne pouvait plus s'occuper des enfants et qu'il fallait que je vienne. Tout a été fait pour que je parte le lendemain et puisse arriver sans problème l'après-midi.

Arrivé à la gare, je fus stressé comme rarement et priai pour ne pas me faire prendre. Je vis certaines personnes devant moi se faire renvoyer de la file par les gendarmes sûrement parce que, comme moi, ils avaient falsifié les papiers et cela ne faisait qu'accentuer mon angoisse. J'espérais passer entre les mailles du filet et pouvoir prendre mon train. Arrivé devant le gendarme, je lui donnai l'attestation en étant fébrile et je sentis mon rythme cardiaque s'accélérer. Je passai mes mains moites sur mon pantalon à plusieurs reprises et essayai de me calmer. Je scrutai les moindres faits et gestes du gendarme qui me regarda suspicieux par la suite et me dit d'un ton ferme :

— Monsieur, je vais vous demander de vous mettre sur le côté. Votre attestation n'est pas valable. Vous n'avez aucun lien de parenté avec la personne désignée et, surtout, vous n'avez pas de certificat médical démontrant qu'elle est bien malade.

Je voulais tellement partir rejoindre Lou que j'essayai dans une dernière tentative d'amadouer le gendarme en le suppliant au nom de l'amour de me laisser partir, disant qu'il pouvait faire une exception pour un homme triste et désespéré sans sa moitié. Mon discours cucul ne fonctionna malheureusement pas et mon espoir retomba tel un soufflet. J'avais beau lui dire que c'était ma petite amie, il ne voulait rien entendre. Le gendarme me mit en garde une fois, puis deux, car je lui faisais perdre son temps et je compris que c'était peine perdue. J'étais de retour à la case départ et me retrouvai en plus avec une amende à payer. J'appelai Lou dans le bus pour lui raconter ma tentative.

— Ce n'est pas possible, ça ! Tu es tombé sur le gendarme non romantique... La plaie ! On fait comment maintenant ?

Je n'en avais pas la moindre idée et cela m'énervait.

Chapitre 12

Lou

Les jours se suivaient et se ressemblaient. On disait souvent que la journée typique d'un Parisien était métro, boulot, dodo. Pour moi, c'était désinfecter, devoirs, dodo. C'était la vie d'une mère au foyer et celle de ma mère à une époque... Cette perspective de vie ne me faisait pas rêver. Cependant, à chaque fois que j'avais une seconde de libre – qui était souvent mon jogging d'une petite demi-heure de bonne heure le matin avant que les enfants se réveillent –, je rêvais que Benjamin soit avec moi. Il me manquait... Vivre avec lui pendant un mois entier et ensuite, ne l'avoir au téléphone que très peu dans la journée faisait un gros décalage. Il m'aurait aidée avec les enfants pour leurs devoirs, on aurait pu regarder nos films ensemble. Parfois, j'étais si dépassée par la masse de travail des trois que je ne m'occupais que des devoirs d'un seul pendant une après-midi et les devoirs s'accumulaient encore et encore sans que j'en voie le bout.

J'avais tout fait pour que Benjamin puisse venir ici. Je pensais sincèrement que l'attestation et le justificatif allaient marcher, mais la tentative échoua. Tout ça parce que nous n'avions pas le même nom, et donc pas de lien de parenté apparent ! Et l'amour alors ? Le romantisme ? Il me manquait et je ne savais pas quand je pourrais à nouveau le voir. Nous en avions parlé, mais nous étions dans le flou sans savoir si cela allait être plus simple de se déplacer après la phase de déconfinement prévue pour le 11 mai…

Nous continuions nos soirées cinéma, c'était le seul moment de la journée où je pouvais passerdu temps avec lui. Parfois, la soirée était écourtée, les enfants venaient me voir, car ils n'arrivaient pas à s'endormir. À ce moment-là, je leur en voulais de me gâcher un bout de la soirée. Je n'avais jamais vécu de relation à distance et je n'aimais pas ça. Comment des personnes arrivaient-elles à vivre ça sur le long terme ? Il fallait vraiment un mental d'acier ! J'avais toujours une sensation de vide et je ne pouvais m'empêcher de penser à Benjamin. Je le voyais partout comme une ombre qui me suivrait. Je me demandais ce qu'il pouvait bien faire dans la journée, même s'il m'avait raconté sa journée type.

L'état de ma mère était plutôt stable et le rendez-vous médical en visio avec le médecin me donnait à penser que la situation n'allait pas empirer. Mais, dans la nuit du 25 avril, ma mère m'appela – je lui avais dit de le faire si quelque chose n'allait pas. Elle n'en avait jamais eu besoin, alors je sentis que quelque chose n'était pas normal. Je me précipitai dans la chambre en mettant mon masque rapidement et vis ma mère peinant à respirer. J'appelai le SAMU et dus attendre cinq minutes avant de pouvoir leur expliquer la situation. Pendant ce temps, je vérifiai comment elle allait après l'avoir installée sur le côté pour favoriser la respiration, comme me l'avait prescrit la personne que j'avais au téléphone. Pas de distance de sécurité, mais je ne pouvais pas la laisser dans cet état. On m'avait dit qu'avec ce virus le malade pouvait passer d'un état quasi grippal à une situation critique en un laps de temps très court et c'était ce qui était en train de se produire. Je stressais, j'avais une boule dans le ventre et je priais pour que l'ambulance arrive rapidement. Les enfants, alarmés par le bruit, s'étaient réveillés et étaient dans l'embrasure de la porte. Ils me regardaient de leurs grands yeux et j'essayai de les rassurer sans véritable succès. Je leur dis de partir à plusieurs reprises, mais ils étaient comme paralysés, fixant ma mère derrière moi. Je demandai à Nina de s'occuper des deux plus jeunes et elle les emmena dans le salon, pendant que je continuais de scruter ma mère en espérant que la situation ne dégénère pas. Lorsqu'enfin le SAMU arriva, je les laissai s'occuper d'elle. Ils l'emmenèrent sur une civière et partirent rapidement après m'avoir dit que les visites n'étaient pas autorisées. Je ne pourrais même pas la voir... Ils me tiendraient au courant. Maman n'avait jamais vraiment vécu seule, elle était toujours entourée de mon père ou de nous. Je n'avais jamais été croyante, mais, pour la première fois, je priai le ciel pour qu'elle ne finisse pas en réanimation comme tant d'autres.

Je rejoignis mes frères et sœurs dans le salon en leur faisant un pâle sourire. Noémie était en pleurs, je dus la cajoler pour la calmer et ils me demandèrent si maman allait s'en sortir. Je leur répétai plusieurs fois que tout allait bien se passer et qu'elle reviendrait bientôt... Tous hochèrent la tête et un silence de mort s'abattit sur l'appartement. Aucun de nous ne put se rendormir, alors nous regardâmes la télévision, serrés sur le canapé. Les enfants s'effondrèrent en début de matinée, fatigués d'avoir si peu dormi pendant la nuit. Alors, je parlai mentalement à ma mère, lui disant de tenir, d'être forte et de revenir rapidement à la maison. Des larmes coulèrent sur mes joues et je pleurai en silence de peur de réveiller les enfants.

Pendant toute la journée du lendemain, nous ne fûmes que des zombies. J'eus Benjamin au téléphone le matin pour le prévenir des événements de la nuit. Il voulait tenter à nouveau de me rejoindre au plus vite. Il savait que j'avais besoin de quelqu'un pour me soutenir, je ne voulais pas qu'il prenne des risques supplémentaires avec la gendarmerie, mais il était borné et voulait retenter. Une partie égoïste de moi souhaitait qu'il vienne à Rouen pour me rejoindre. Mais le jeu en valait-il la chandelle ? Benjamin me dit qu'il ferait son possible pour être là rapidement, mais je ne me faisais pas de fausse joie, sachant qu'il n'y avait pas beaucoup de chance pour qu'il puisse passer les contrôles et prendre le train.

J'appelai donc notre médecin traitant et lui expliquai la situation : je lui demandai si je pouvais avoir une attestation certifiant que ma mère était à l'hôpital pour ensuite l'envoyer à Benjamin. Il me connaissait depuis l'enfance et, après quelques questions, il accepta de me l'envoyer. Je reçus l'attestation dans la journée par mail et je la transférai à Benjamin.

Les enfants n'avaient pas la tête à travailler – moi non plus d'ailleurs –, alors nous partîmes faire une petite marche dans le quartier pour qu'ils se défoulent et ne pensent pas à maman pendant une heure. Sans elle, il y avait un vide dans l'appartement. J'étais rongée par l'inquiétude, n'ayant toujours pas reçu de nouvelles de la part de l'hôpital.

J'eus un appel dans la journée, me disant qu'il n'y avait pas eu de complications pour le moment et qu'ils surveillaient régulièrement son état de santé. J'étais stressée, car ses antécédents médicaux pouvaient l'affaiblir d'autant plus. L'infirmière que j'avais eue m'avait proposé de me donner des nouvelles chaque jour. Elle avait compris que j'étais seule et jeune avec mon frère et mes sœurs et qu'il me fallait gérer la situation.

La nuit suivante, je ne réussis pas à dormir et je me demandai si c'était aussi le cas des petits... J'allai jeter un œil par l'embrasure de la porte, ils semblaient dormir. Je réfléchis encore et encore à ma mère et à ses remarques désobligeantes quant à mon avenir. En ce moment, je me fichais de toutes les fois où elle m'avait énervée, je souhaitais juste qu'elle revienne à la maison, maintenant, avec nous, qu'elle me dise que je suis nulle de faire des petits boulots. Je voulais tout, sauf cette situation stressante, d'autant plus angoissante que tous les jours on nous faisait le décompte des morts aux informations télévisées. J'étais tendue et morte de peur et il ne fallait pas que je le montre au reste de la famille, ainsi, je retenais tout à l'intérieur et c'était dur à encaisser. Je ne pouvais parler de ma peine qu'à Benjamin le soir et il me réconfortait. Mais si, par malheur, la situation devait empirer, ça serait à moi d'annoncer la mauvaise nouvelle aux enfants. On se rend souvent compte après coup à quel point on est attaché à des personnes. Je me faisais un sang d'encre, imaginant ma mère seule dans cette chambre d'hôpital... J'avais entendu tant de choses, il y avait tant de morts et de personnes en réanimation avec ce virus... Mon cerveau se faisait des films et je n'arrivais pas à le raisonner. J'en avais marre de ce fichu virus... C'était à cause de lui si Benjamin n'était pas là actuellement et c'était à cause de lui que ma mère n'était pas avec nous. J'appelai Benjamin à deux heures du matin, m'attendant à ce qu'il ne réponde pas, mais il me répondit instantanément. Je déversai mon angoisse sur lui et il m'écouta attentivement.

— Cette histoire aura un *happy end,* Lou, je te le promets, susurra-t-il.

Je voulais tellement le croire et je lui confiai :

— J'ai toujours rêvé de tomber amoureuse d'un beau prince charmant arrivant sur son beau cheval blanc... Un peu comme dans *Pretty Woman* avec Richard Gere qui surmonte son vertige pour rejoindre Julia Roberts...

Je rêve d'une fin avec « Ils vécurent heureux jusqu'à la fin des temps… » et je sens que je la touche du bout des doigts avec toi. Quand nous serons réunis, nous aurons notre *happy end.*

N'ayant aucune réponse de Benjamin, je dis rapidement en balbutiant :

— Je sais, c'est con.

— Ce n'est pas con, Lou. Je ne pensais pas tomber amoureux, mais voilà, c'est fait et je me rends compte rétrospectivement combien la vie est terne sans amour. On n'a ni rêve ni d'histoires à raconter avec ses amis. On n'a rien du tout. Savoir que quelqu'un pense à toi, s'imaginer ce qu'il fait, c'est du bonheur. Tu auras ta fin romantique à la *Pretty Woman*.

Mon cœur s'emballa quand il dit qu'il était amoureux de moi. Ça me faisait tellement de bien et je souris de toutes mes dents dans ma chambre.

— Tu te rappelles le lendemain de notre rendez-vous quand je t'ai dit que ce ne serait pas un remake de *Pretty Woman* ? Finalement, peut-être que ça en est un…

Finalement, ces mots me permirent de m'endormir en rêvant à de douces retrouvailles. Je serais délivrée de cet appartement – qui était ma tour d'argent – par mon prince charmant. Peut-être, cette fois, le prince charmant ne se tirerait pas avec la mauvaise princesse.

Chapitre 13

Benjamin

Lou avait besoin de moi et il fallait que je passe les contrôles à l'entrée de la gare. L'amour donne des ailes et vous pousse à faire des choses folles, mais Lou m'attendait à Rouen. Tant pis pour l'amende, cela valait le coup d'essayer. Alors, je pris mes billets de train pour le 29 avril. J'avais fait ma valise en prenant tout ce qui pourrait m'être utile pour tenir jusqu'au 11 mai et mon attestation était cette fois-ci plus que valide, car la mère de Lou était vraiment malade. J'avais quand même la boule au ventre pendant tout le trajet jusqu'à la gare. Nous n'étions que deux passagers dans le bus, cela n'arrivait presque jamais en temps normal. Même pendant les grèves de décembre, le bus avait été plein à craquer à toute heure de la journée.

Arrivé devant la gare, mon stress avait redoublé et je priai pour ne pas me faire renvoyer chez moi. Il y avait du monde qui faisait la queue, mais moins que les deux fois précédentes, ainsi mon tour arriva rapidement et je me retrouvai face au gendarme qui n'était pas le même que la fois passée. Je lui tendis mon attestation et le justificatif. Mon cœur battait de plus en plus vite et j'avais les mains moites. Il regarda les papiers attentivement, cherchant la faille, et j'étais sûr qu'il allait me dire de partir en m'infligeant en prime une amende, mais ce ne fut pas le cas et, à la place, il me dit que je pouvais rentrer dans la gare. Je venais de réussir l'exploit et je pourrais retrouver Lou dans la journée. Je jubilai intérieurement et attendis devant le panneau d'affichage que la voie de mon train apparaisse. Je profitai du temps que j'avais devant moi pour envoyer un message vocal à Lou et lui dire que j'étais en route pour Rouen. Je commandai un Uber à Rouen pour m'éviter de traverser la ville avec ma valise. Mon train s'afficha assez rapidement – il faut dire que le nombre de trains avait été largement réduit – et je me dirigeai vers la voie. Le train était très vieux et ressemblait au *Poudlard Express* en beaucoup moins beau et fantastique. Il y avait plusieurs compartiments pouvant accueillir une dizaine de personnes, mais j'étais seul. Les sièges étaient très inconfortables et je me dis que le voyage devait être horrible quand le compartiment était rempli – les gens ne devaient presque pas avoir de place. Je fis le tour des autres compartiments et vis qu'il y avait trois autres personnes dans la même voiture que moi et chacun dans un compartiment différent.

Je reçus un message vocal de Lou me disant qu'elle était contente de me revoir et je souris en l'écoutant. J'appelai ensuite mes amis sur notre groupe *Whatsapp*, tous répondirent présents. Je leur annonçai la bonne nouvelle et chacun fut très heureux pour moi. J'étais le seul en couple du groupe et j'avais vécu avec Lou, même si ce n'était que quelques semaines, ainsi, j'étais le pionnier des vraies relations parmi mes amis. J'écourtai la conversation quand je vis que j'arrivais à la gare de Rouen.

J'étais venu une fois à Rouen quand j'étais petit pour visiter la cathédrale, le centre-ville avec la rue du Gros-Horloge et l'église Sainte-Jeanne-d'Arc, mais je n'avais plus de grands souvenirs et la ville avait dû changer, vu les années qui s'étaient écoulées depuis ma dernière visite. En sortant de la gare, je vis le Uber que j'avais commandé un peu plus tôt. Je mis mes bagages dans le coffre et nous partîmes. Lou habitait un peu à l'écart du centre-ville et je regardai la ville défiler sous mes yeux. Je me rapprochai à vitesse grand V de Lou et j'étais tout excité à l'idée de la revoir. Je me fis des films – comme à mon habitude – sur nos retrouvailles, imaginant le tout comme un remake de *Dirty Dancing* avec la scène de danse – même si j'étais un piètre danseur – et la célèbre phrase : « On ne laisse pas Bébé dans un coin. » Je n'avais même pas pu prendre de fleurs pour les lui offrir à cause de ce fichu corona. Le côté romantique en prenait un coup.

Le chauffeur me déposa devant l'immeuble de Lou et je descendis mes bagages. Je m'avançai vers la porte et appuyai sur le bouton correspondant au nom de Lou : Carpentier. Lou m'ouvrit la porte du bas. Je me précipitai comme un fou dans les escaliers et m'arrêtai au deuxième étage. Elle m'attendait devant la porte de son appartement et rit en me voyant sortir des escaliers avec ma valise. Elle était belle avec ses cheveux attachés qui dégageaient son visage et une jolie robe bleue. Mon ventre fit un salto arrière en la regardant. Elle m'avait tellement manqué ! Elle s'avança vers moi pour m'aider et me dit en se retenant de rire :

— Pourquoi tu n'as pas pris l'ascenseur au lieu de traîner tes valises ?

— Tu voulais un remake de comédie romantique et Richard Gere monte les escaliers pour rejoindre Julia Roberts... Alors, j'ai fait la même chose, mais

Richard n'a pas de valise et a au moins un bouquet de fleurs avec lui. La situation est beaucoup plus romantique et cucul dans le film, expliquai-je lentement tellement j'étais essoufflé par mon exploit sportif.

— Grand fou ! dit Lou en riant.

Elle était pliée en deux en me voyant hors d'haleine après avoir monté deux malheureux étages. Son rire m'avait manqué lui aussi.

Elle me sourit et je vis derrière elle trois paires d'yeux nous scrutant avec attention. Lou leur fit les gros yeux et leur demanda de nous laisser un moment d'intimité, mais ils ne semblaient pas vouloir bouger de la porte. Elle m'embrassa sous leurs yeux et un feu d'artifice explosa en moi. Je pus entendre son frère dire :

— Beurk, c'est dégueu !

Puis il déguerpit, suivi de ses sœurs. Lou rit de la réflexion de son frère et je fis de même. J'étais tellement heureux d'être enfin avec elle et de pouvoir l'embrasser que j'en oubliais les règles de distanciation. Finalement, nos retrouvailles valaient bien celles de tous les films romantiques que j'avais pu voir. Je vivais à mon tour mon film d'amour à l'eau de rose.

Chapitre 14

Lou

Depuis que Benjamin était là, je nageais dans un monde rempli d'amour et mon frère et mes sœurs ne manquaient pas de me charrier, mais ils verront que, quand ils trouveront l'amour, on est tout de suite un peu cucul.

Benjamin m'aidait avec les devoirs une bonne partie de l'après-midi et semblait heureux de le faire. Il s'occupait de Mallory, qui n'arrêtait pas de râler – comme à son habitude et je pensai qu'il était entré dans l'âge con plus tôt que prévu – et de Nina, qui avait parfois des difficultés dans ses exercices. Je m'occupais quant à moi de Noémie et le paquet de devoirs diminuait à ma plus grande joie. Les enfants pouvaient rendre leurs devoirs à temps et la bonne humeur était de mise.

J'avais des nouvelles de maman : elle avait échappé au pire, mais elle était encore affaiblie et les médecins espéraient qu'elle puisse rentrer vers le 10 mai si tout se passait bien. Nous étions tous soulagés et attendions de pied ferme le déconfinement pour que je puisse partir avec Benjamin à Paris. Nous avions décidé après cette courte période de relation à distance que nous ne voulions plus vivre séparés l'un de l'autre… Deux mois plus tôt, nous ne nous connaissions pas et, désormais, j'allais vivre avec lui. Je l'avais dit à Val qui m'avait répondu que tout se passait un peu trop vite à son goût, mais je lui répondis du tac au tac :

— Dans *Dirty Dancing* et *Pretty Woman*, ils tombent amoureux en une semaine, alors je ne dirais pas que notre relation va vite.

De l'extérieur, notre relation pouvait sembler rapide, mais j'étais sûre que Benjamin était le bon et j'y croyais dur comme fer.

Ma mère rentra sans encombre à la maison le 6 mai et tout le monde fut soulagé de la voir en bonne santé. Nous faisions tout pour qu'elle soit bien. En voyant Benjamin pour la première fois, ma mère lâcha une de ses phrases fétiches :

— Enchantée de faire ta connaissance, Benjamin. Joli garçon, me fit-elle en poursuivant : je ne pensais pas que tu pourrais charmer un garçon comme ça, Lou.

Mallory rit à s'en tenir les côtes pendant que Benjamin se retenait. Je levai les yeux au ciel, mais j'étais contente que ma mère aille mieux. Quand nous lui dîmes notre désir d'habiter ensemble, ma mère nous fit une scène, disant qu'elle ne pouvait pas prendre soin des enfants sans nous, mais Nina lui rétorqua qu'elle était grande désormais et qu'elle pouvait s'occuper de Noémie. Ma mère en resta bouche bée. Ma petite sœur venait de me sauver la mise et je pourrais partir pour mon plus grand plaisir à la capitale avec mon prince charmant.

Le 7 mai dans l'après-midi, nous attendions le discours du Premier ministre nous annonçant la phase de déconfinement, tous réunis à table comme une grande famille. Pour protéger maman et selon les recommandations du médecin, nous avions rajouté une petite table à côté de la nôtre pour qu'elle ne soit pas obligée de s'isoler dans sa chambre. Il fallait à tout prix la préserver et éviter qu'elle n'attrape d'autres maladies.

J'attendis tout ouïe les consignes, espérant qu'elles ne nous empêcheraient pas de repartir le plus rapidement possible. Mais après l'annonce que nous pourrions enfin revivre un peu plus normalement, le Premier ministre dit que nous ne pourrions pas faire de déplacements de plus de cent kilomètres et il ne fallait pas être excellent en géographie pour savoir que Paris était plus loin.

Ma mère lâcha en riant :

— Finalement, vous allez pouvoir m'aider plus longtemps que prévu.

J'avais une tête de dix pieds de long, mais Benjamin me murmura à l'oreille :

— Patience, Lou. Nous avons déjà eu notre fin romantique de conte de fées. Je te promets de te délivrer de ta tour d'argent à l'aide de mon cheval blanc aussi rapidement que possible.

Fin

Biographie

Étudiante de vingt ans en licence d'études théâtrales à la Sorbonne, je suis passionnée de lecture depuis que je suis toute petite. De la lecture à l'écriture, il n'y avait qu'un pas… Je suis une très grande romantique qui espère toujours voir les deux protagonistes d'une romance s'embrasser sous la pluie avant le générique de fin et c'est ce que je souhaite retranscrire dans mes écrits.

Mentions légales

ISBN : 979-10-348-2034-4
ISSN : 2805-1386

Evidence Editions
2 rue Abbé Grégoire
17 000 La Rochelle

Site Internet : www.evidence-editions.com
Boutique : www.evidence-boutique.com

Dépôt légal mars 2022

Achevé d'imprimer chez SoBook le 18-03-2022

Linselles - France

N° impression : 760 658